Edgar **ALLAN POE**

LA LETTRE VOLÉE
et autres contes

COLLECTION LITTÉRATURE

Sous la direction de Marc Rochette

Edgar **ALLAN POE**

LA LETTRE VOLÉE
et autres contes

Texte intégral

Traduction
Charles Baudelaire

Présentation
Johanne Charbonneau
Cégep Marie-Victorin

ERPI

ÉDITIONS DU RENOUVEAU PÉDAGOGIQUE INC.

5757, RUE CYPIHOT, SAINT-LAURENT (QUÉBEC) H4S 1R3
TÉLÉPHONE : (514) 334-2690   TÉLÉCOPIEUR : (514) 334-4720
erpidlm@erpi.com   www.erpi.com

Développement de produits
Pierre Desautels

Supervision éditoriale
Jacqueline Leroux

**Révision linguistique
et correction d'épreuves**
Claire St-Onge

Direction artistique
Hélène Cousineau

Coordination de la production
Muriel Normand

Conception graphique
Martin Tremblay

Édition électronique
Infographie DN

Photographie de la couverture
akg-images

Pour la protection des forêts,
cet ouvrage a été imprimé
sur du papier recyclé 100 %
postconsommation,
traité sans chlore.

100 %

ANCIENT FOREST
FRIENDLY

Dépôt légal:
Bibliothèque et Archives nationales du Québec, 2007
Bibliothèque nationale et Archives Canada, 2007
Imprimé au Canada

ISBN 10: 2-7613-2291-6   1234567890   IG   09876
ISBN 13: 978-2-7613-2291-1   20428 ABCD   ECO-12

Table des matières

Une œuvre hors du temps

Pourquoi tant d'êtres humains, dans leurs loisirs, cherchent-ils à s'évader du quotidien en s'exposant à la peur, voire à la terreur ? Pourquoi tant d'amateurs d'énigmes et de mystères cherchent-ils à éprouver des sensations intenses par l'intermédiaire de la littérature et du cinéma ?

Quand, par l'entremise d'un héros ou d'une héroïne, le lecteur ou le spectateur ressent des émotions vives, il est touché à divers degrés, car des personnages ont vécu pour lui des passions, heureuses ou dramatiques. En sortant de ses lectures et de ses représentations cinématographiques, il constate qu'il vient de faire l'expérience de moments qui sont très différents de sa routine quotidienne : on parle alors de « catharsis ». Ce terme, apparu dans l'Antiquité, se définit comme la purgation des passions. Une célèbre trilogie romanesque de J. R. Tolkien *Le seigneur des anneaux,* adaptée au cinéma par Peter Jackson, illustre bien ce phénomène ; lecteurs et spectateurs y sont transportés dans un monde inconnu où s'affrontent les forces du bien et du mal. À travers cette épopée fictive et les nombreux héros qu'elle met en scène, chacun est convié à éprouver un large éventail de réactions, qu'elles soient affectives ou intellectuelles. Il en est ainsi de la création artistique qui offre à l'individu l'occasion de prendre congé de la réalité, d'accéder à de nouvelles connaissances, de goûter le plaisir esthétique ou la joie de la fiction, enfin, de « purger » ses passions.

Du côté de la littérature, au XIXe siècle, un auteur américain du nom d'Edgar Allan Poe propose déjà, dans ses contes et nouvelles, ce type d'itinéraire intérieur au cours duquel le lecteur devient tout aussi tourmenté que le héros, aussi curieux que lui de découvrir le dénouement de l'intrigue ou aussi convaincu de l'imminence d'une catastrophe. Avec une parfaite maîtrise, Poe conduit le lecteur dans les inquiétants labyrinthes qu'il a construits à son intention et installe un style qui lui vaudra une notoriété impérissable.

Avant-propos

Un siècle perturbé

Dans la première moitié du XIXᵉ siècle, les États-Unis d'Amérique connaissent plusieurs bouleversements économiques et sociaux alors qu'ils font face à une deuxième guerre contre le Royaume-Uni, qui tente d'envahir Washington. Un traité de paix est signé en 1814. Sous un régime présidentiel, l'État peut maintenant poursuivre l'essor de son économie capitaliste, par la multiplication des usines et des machines industrielles, par les inventions techniques et l'exploration scientifique. Cette nouvelle société prospère compte pourtant son lot d'exclus et de défavorisés, et nombreux sont ceux qui, dès 1849, se ruent vers la Californie dans l'espoir de trouver de l'or. Beaucoup succomberont dans l'aventure, victimes du choléra ou de la faim. Dans les États du sud, l'esclavagisme, à l'origine de la fortune des planteurs de coton, est fortement enraciné. Pendant ce temps, au nord, une volonté de voir disparaître l'esclavage des Noirs commence à s'exprimer et un mouvement appelé « abolitionnisme » s'organise. En 1851, la sortie d'un roman de Harriet Beecher Stowe, *La case de l'oncle Tom*, avive l'animosité entre esclavagistes et antiesclavagistes. Les efforts en vue d'accorder la liberté aux esclaves aboutiront quelques dizaines d'années plus tard, sous la présidence d'Abraham Lincoln.

Edgar Allan Poe (1809-1849) ne peut ignorer tous ces événements puisqu'il a commencé sa carrière comme journaliste et qu'il fondera même deux revues : *Penn* et *Stylus*. Cependant, l'ambition du jeune Poe ne se résume pas au métier de journaliste ; il espère devenir « le » grand écrivain des États-Unis. Malheureusement, le destin va en décider autrement puisque, après un parcours difficile, E. A. Poe mourra prématurément dans des circonstances nébuleuses.

Les premières années

David Poe et Elizabeth Arnold, les parents d'Edgar, sont tous deux comédiens et mènent à Boston une existence pauvre. Le père, alcoolique et tuberculeux, disparaît lors d'une tournée ; peu après, sa mère meurt d'une pneumonie. Poe se retrouve orphelin et il n'a pas encore deux ans. Il est recueilli par John et Frances Allan, un couple fortuné et sans enfants de Richmond, en Virginie.

Écossais d'origine, John Allan est un important négociant ; il fait le commerce de céréales, de liqueurs, d'instruments agricoles et… d'esclaves. La maisonnée des Allan comprend aussi des esclaves, dont l'une sera la nourrice de Poe pendant trois ans. Elle l'emmène à la plantation de coton familiale où il découvre des rituels, des chants et des contes qui ne ressemblent en rien à son quotidien de petit bourgeois.

L'ambition littéraire

En 1815, après la guerre anglo-américaine, la famille part s'installer en Angleterre où le jeune Edgar suivra des études classiques et littéraires. Le futur poète commence alors à affirmer certains pans de sa personnalité ; ambitieux et volontaire, il est doté d'une extraordinaire sensibilité et se passionne pour les sports (la natation, surtout). Mais en 1820, la famille Allan connaît des difficultés financières et doit s'en retourner en Amérique. Quelques années plus tard, John Allan reçoit un important héritage, ce qui lui permet de placer son pupille dans les meilleures écoles. Poe étudie la littérature anglaise, s'initie au latin et découvre les auteurs romantiques à la mode, notamment Lord George Byron[1] et Percy Shelley[2]. Il commence déjà à cette époque à écrire des poèmes. Il

---

1. Poète britannique (1788-1824).
2. Poète britannique (1792-1822).

poursuit ses études à l'Université de Virginie, où l'on peut s'adonner librement au jeu et à l'alcool[1] après les cours. Poe contracte de nombreuses dettes et ses relations avec son tuteur s'enveniment ; celui-ci refuse de continuer à subvenir aux besoins de son pupille. Poe quitte l'université et, un an plus tard, ses tuteurs. Il s'engage dans l'armée sans toutefois délaisser ses ambitions d'écrivain et réussit à faire paraître un premier recueil de poésies, intitulé *Tamerlan et autres poèmes*.

Un parcours semé d'obstacles

En 1829, à la mort de « Ma » — comme il appelle affectueusement madame Allan —, Poe se retrouve orphelin pour la seconde fois. Après un nouvel arrangement avec son tuteur, il fait son entrée à l'académie militaire de West Point et déménage à Baltimore, chez sa tante Maria Clemm, qui vit dans un extrême dénuement. Ses écrits lui valent un certain prestige auprès de ses nouveaux camarades. Mais Poe doit renoncer à ses études à la suite d'une autre dispute avec son tuteur. Il se consacre dorénavant à la littérature et rédige plusieurs contes qui paraîtront dans *Histoires extraordinaires*. Il obtient aussi divers prix qui lui vaudront d'être publié dans la presse et collabore à plusieurs journaux et revues à titre de critique littéraire ; cependant, il parvient difficilement à vivre de sa plume. De plus, l'alcool prend une place importante dans sa vie, au point où il perd successivement plusieurs contrats.

Des succès compromis

Après son mariage avec Virginia Clemm, sa cousine âgée de 13 ans, Poe s'installe en 1837 avec Virginia et sa tante à New York, où il publie *Histoires grotesques et sérieuses*, son premier recueil de contes. Mais c'est avec son poème « Le Corbeau »,

---

1. Cette période va l'inspirer pour *William Wilson*.

paru en 1845, que l'écrivain peut enfin goûter la célébrité. Malgré ses succès, son alcoolisme pèse lourdement sur sa situation financière et il se fait beaucoup d'ennemis qui tracent de lui un portrait de déséquilibré, d'ivrogne ou de fou. Pourtant, son œuvre laisse transparaître la recherche de la Beauté poétique, et son engagement politique en faveur de la jeune république américaine n'indique nullement que son esprit est dérangé, comme souhaitent le faire croire ses nombreux détracteurs.

Poe, écrivain maudit ?

Implacablement, le sort s'acharne sur Edgar Allan Poe alors que Virginia s'éteint à l'âge de 27 ans. Pendant la maladie de sa femme, Poe reste à ses côtés et continue d'écrire des contes, sans doute les plus cruels qu'il écrira jamais[1]. Par la suite, il fréquente plusieurs femmes, parmi lesquelles la poétesse Sarah Helen Whitman, avec qui il envisage même de se remarier, et Elmira Royster Shelton, qu'il a rencontrée quand il était adolescent. Il continue d'habiter chez sa tante, Maria Clemm, et de donner des conférences sur sa philosophie de la composition et sur *Le principe poétique*, essai qu'il publiera en 1850. Bien que ses conférences soient très courues, sa situation financière demeure précaire ; ses épisodes alcooliques s'intensifient et, le 3 octobre 1849, il est retrouvé très mal en point sur un trottoir de Baltimore, près d'un bureau de vote. Hospitalisé, il meurt quelques jours plus tard d'une crise de delirium tremens. Triste fin pour ce conteur de génie…

Pendant ce temps, en France, Charles Baudelaire[2] prend connaissance de l'œuvre de son « confrère » américain. Le poète français est tellement séduit par ce qu'il lit — engoue-

---

1. *Le chat noir, Le cœur révélateur.*
2. Poète français (1821-1867).

ment qui repose largement sur les thèmes traités par Poe —
qu'il décide d'en faire la traduction. Deux maîtres de l'écriture se rencontrent... Ainsi naît le mythe de Poe, poète
maudit. Il n'en reste pas moins que les traductions de
Baudelaire ont peut-être embelli ou trahi en certaines occasions le style et la pensée d'Edgar Allan Poe ; quoi qu'il en
soit, les textes de l'un et de l'autre demeurent remarquables.

Contrairement à celle de Baudelaire, la renommée d'Edgar
Allan Poe est en grande partie attribuable à ses contes ou
nouvelles, bien que sa poésie soit aussi appréciable. Ses
recueils de nouvelles demeurent encore aujourd'hui ses
œuvres les plus lues. Par-delà les intrigues policières, les
égarements de l'esprit occupent une place privilégiée dans
l'univers romanesque de Poe. Des cinq histoires contenues
dans le présent recueil, quatre se proposent de faire vivre par
procuration au lecteur d'aujourd'hui — tout comme à celui
d'hier — les troublantes expériences que sont le dédouble-
ment de l'être, l'obsession, l'emmurement et la mort.

L'art du crime

La lettre volée[1]

Même s'il est vrai que Poe a surtout écrit des récits fantastiques, quelques-unes de ses nouvelles, dont *La lettre volée*
(1841), appartiennent résolument au genre policier. Ce récit,
que l'auteur a situé à Paris, met en scène un membre important
de la noblesse (en fait, la reine), un ministre, un préfet de police,
un narrateur — ami du héros —, et le personnage central,
C. Auguste Dupin — un aristocrate déchu qui pratique la
résolution de crimes en amateur. Le policier va trouver Dupin
dans l'espoir d'élucider une affaire de vol, et Dupin en profite
pour exposer les techniques d'investigation les plus sophisti-
quées de l'époque.

---

1. Ce texte se trouve dans les *Histoires extraordinaires*.

À propos de ses récits, l'écrivain affirme que : « le conte n'a de valeur que s'il a deux degrés de lecture, le visible et le sous-jacent »[1]. Ici, le « visible » correspond aux différents éléments qui ont trait au vol de la lettre et aux moyens déployés pour la récupérer. Quant au « sous-jacent », il se découvre avant tout dans la méthode analytique de Dupin, qui repose sur l'imagination, l'intelligence et l'intuition, celle-ci ayant toutes les apparences de la logique. Selon Poe, l'œuvre doit offrir différentes possibilités d'interprétation au lecteur : le premier niveau concerne l'anecdote ; le second, plus réfléchi, ouvre sur l'analyse, qu'elle soit thématique, idéologique, philosophique, psychologique, sociologique, ou autre.

Du point de vue de la construction du récit, Poe organise son histoire avec une extrême précision, de façon que chaque élément de l'intrigue, comme les pièces d'un puzzle, tende vers le même but — ce qu'on appelle la chute ou le dénouement. Par exemple, dans *La lettre volée,* la scène finale reflète parfaitement celle du crime, relatée au début de la nouvelle. Parmi les procédés privilégiés par Poe se trouve la narration à la première personne, c'est-à-dire le recours au « je », qui a pour effet de se rapprocher davantage du lecteur. Dans *La lettre volée*, le lecteur, à l'instar du narrateur, admire l'habileté intellectuelle et la brillante logique de Dupin. Ce duo formé par le détective amateur et le fidèle ami et narrateur du récit resurgira plus tard dans la littérature sous la plume de Sir Conan Doyle, avec Sherlock Holmes et le docteur Watson, ou encore sous les traits d'Hercule Poirot et du capitaine Hastings, les personnages créés par Agatha Christie. Ainsi le personnage de Dupin est-il devenu l'archétype incontournable associé au « roman problème », dans lequel le lecteur fait face à une énigme, presque algébrique, qu'il doit tenter de résoudre. Aujourd'hui, les héros détectives sont majoritairement issus des forces de l'ordre et doivent souvent affronter

---

1. Georges Walter. *Edgar Allan Poe.*

leurs problèmes personnels en plus de ceux de la société qu'ils ont pour mission de protéger et dont eux-mêmes ne respectent pas toujours les lois. Qu'on pense à la renommée d'inspecteurs tels Bosch, de l'Américain Michael Connely ; Wallenberg, du Suédois Henning Mankell ; Rebus, de l'Écossais·lan Rankin, etc. Tous ces auteurs de littérature policière et de roman noir doivent sans doute beaucoup à Edgar Allan Poe, l'instigateur du genre.

Les subtils dérangements de la raison

Poe a exploré les multiples ressorts du genre fantastique, auquel appartiennent la plupart de ses nouvelles. Le terme « fantastique » peut être défini comme l'intrusion de l'inexplicable dans le quotidien. Il existe diverses variantes du genre que Poe s'amuse à parodier dans ses histoires, par exemple le récit gothique, très à la mode en Europe au XIXᵉ siècle. À l'époque, des critiques l'accusent d'emprunter aux auteurs allemands et britanniques ; Poe s'en défend, notamment dans la préface de ses *Histoires grotesques et sérieuses*. Mais l'originalité de l'écrivain réside surtout dans le fait que les éléments fantastiques proviennent de la vie intérieure de ses héros, comme le démontrent les quatre autres récits présentés dans ce recueil.

William Wilson[1]

Dans *William Wilson* (1839), le héros — qui est aussi le narrateur du récit — raconte ses loisirs d'étudiant passés à boire et à jouer aux cartes en compagnie de ses camarades. Il évoque également ses voyages, qui sont autant de tentatives désespérées pour fuir… William Wilson. Malhonnête envers lui-même et les autres, et mégalomane, le héros possède une âme troublée par l'obsession de son moi intérieur, au point où il perd contact avec la réalité. Ce récit, qui exploite la

---

1. Ce texte se trouve dans les *Nouvelles histoires extraordinaires*.

notion du double, n'est pas sans rappeler les romans *Docteur Jekyll et M. Hyde*[1], *Frankenstein ou le Prométhée moderne*[2] ou *Le Horla*[3], le savant fou en moins. L'écrivain ne crée pas des personnages au physique monstrueux, mais des êtres dont les mécanismes psychiques sont à même d'engendrer la terreur. C'est pourquoi le lecteur éprouve souvent un sentiment de malaise ou d'étrangeté, sentiment accru par le fait que l'histoire s'appuie sur un contexte tout à fait réaliste. Comme tous les contes de Poe, *William Wilson* est construit de manière à ce que le lecteur soit captivé par l'obsession grandissante du héros et qu'il tire lui-même ses conclusions : fantasme ? folie ? fantôme ?

La barrique d'amontillado[4]

Dans *La barrique d'amontillado* (1842), le narrateur, un noble italien qui habite un château, est rongé par une obsession de vengeance. Les adversaires en présence étant tous deux amateurs de vins, le bourreau usera d'un prétexte idéal — une dégustation — pour piéger sa victime. Il est à noter que l'alcool est un thème récurrent dans l'œuvre de Poe — et pour cause. Gaston Bachelard, un fin théoricien de la littérature, écrit à ce sujet : « L'alcool de Poe, c'est l'alcool qui submerge, qui donne l'oubli et la mort[5]. » Les caves sombres et humides du château où se déroule l'action — un clin d'œil à la mode gothique de l'époque — forment un univers clos ; les personnages sont de cette manière isolés du monde extérieur. Le thème de l'ensevelissement, fréquent dans les contes de Poe, est présent dans ce texte sous une variante : l'emmurement. Mais, par-delà la structure particulière de ses récits, le génie de Poe est également reconnaissable à certains détails qui ne

1. Robert Louis Stevenson (1850-1894). Roman paru en 1885.
2. Mary Godwin-Shelley (1797-1851). Roman paru en 1818.
3. Guy de Maupassant (1850-1893). Conte paru en 1887.
4. Ce texte se trouve dans les *Nouvelles histoires extraordinaire*s.
5. Gaston Bachelard. *L'eau et les rêves*.

manquent pas de laisser le lecteur perplexe : allusion vague aux motifs de la vengeance, déguisement des personnages à l'occasion d'un carnaval, parcours interminable dans des profondeurs souterraines, gradation inquiétante des étapes de l'enfermement : rires, cris, hurlements, etc. Le lecteur retrouvera aussi dans cette histoire « extraordinaire » le thème de l'incommunicabilité qui confère à cette œuvre un caractère étonnamment contemporain.

Le chat noir et Le cœur révélateur[1]

Enfin, dans Le chat noir (1843) et Le cœur révélateur (1842), les narrateurs sont tous deux obsédés par un élément de leur environnement : dans le cas du premier, il s'agit d'un chat ; dans le cas du second, d'un œil. À la fois bourreaux et victimes, leur fixation maniaque finit par les emporter hors du « réel », alors que l'angoisse et l'effroi les poussent à adopter des comportements absurdes. Dans chacun des récits, le mot « fou » apparaît dans les premières phrases ; le ton est donné. Le lecteur est alors témoin de la perversité et de la haine de ces êtres tourmentés qui évoluent dans des univers très semblables : lieux clos, terreur devant l'œil d'un chat ou celui d'un vieillard, agissements répétitifs, actes sadiques, torture morale, etc. De plus, chacun semble convaincu de la nécessité de son geste hautement condamnable et se défend bien d'être atteint de folie. En fait, ce parallélisme dans l'organisation des contes est si évident que Bachelard parle même de « la monotonie géniale[2] » de Poe. Pourtant, les deux nouvelles se distinguent du point de vue de la personnalité des narrateurs : dans Le chat noir[3], le narrateur boit beaucoup, et cette dépendance lui fait vivre sa fixation morbide jusqu'au

---

1. Ces deux textes se trouvent dans les Nouvelles histoires extraordinaires.

2. Op. cit.

3. Poe, tout comme Baudelaire, aime bien les chats. Cependant, le nom de Pluto donné au chat dans ce texte évoque le prince des ténèbres (Pluton), les forces du mal (sadisme, angoisse, mort).

désespoir et à l'autodestruction ; dans *Le cœur révélateur,* le narrateur raconte son histoire avec une sorte de détachement, comme s'il était l'observateur d'un cas pathologique. Les deux héros aboutissent toutefois au même résultat. Interpellé par les narrateurs des deux récits qui s'adressent directement à lui par l'emploi du « vous », le lecteur est une fois de plus invité à tirer ses propres conclusions. Se laissera-t-il prendre au jeu ou au piège ?

LA LETTRE VOLÉE[1]

---

1. Ce texte se trouve dans les *Histoires extraordinaires*.

> *Nil sapientiae odiosius acumine nimio.*[1]
>
> Sénèque[2]

J'étais à Paris en 18... Après une sombre et orageuse soirée d'automne, je jouissais de la double volupté de la méditation et d'une pipe d'écume de mer, en compagnie de mon ami Dupin[3], dans sa petite bibliothèque ou cabinet d'étude, rue Dunot, n° 33, au troisième, faubourg Saint-Germain. Pendant une bonne heure, nous avions gardé le silence ; chacun de nous, pour le premier observateur venu, aurait paru profondément et exclusivement occupé des tourbillons frisés de fumée qui chargeaient l'atmosphère de la chambre. Pour mon compte, je discutais en moi-même certains points, qui avaient été dans la première partie de la soirée l'objet de notre conversation ; je veux parler de l'affaire de la rue Morgue, et du mystère relatif à l'assassinat de Marie Roget. Je rêvais donc à l'espèce d'analogie qui reliait ces deux affaires, quand la porte de notre appartement s'ouvrit et donna passage à notre vieille connaissance, à M. G[4]..., le préfet de police de Paris.

Nous lui souhaitâmes cordialement la bienvenue ; car l'homme avait son côté charmant comme son côté méprisable, et nous ne l'avions pas vu depuis quelques années. Comme nous étions assis dans les ténèbres, Dupin se leva pour allumer une lampe ; mais il se rassit et n'en fit rien, en entendant G... dire qu'il était venu pour nous consulter, ou plutôt pour demander l'opinion de mon ami relativement à une affaire qui lui avait causé une masse d'embarras.

---

1. Citation latine signifiant « En tout, l'excès est un vice ».
2. Homme politique et philosophe romain (4-65).
3. Héros d'une trilogie qui comporte aussi *Double assassinat dans la rue Morgue* et *Le mystère de Marie Roget*.
4. Personnage présent dans les trois enquêtes de Dupin.

— Si c'est un cas qui demande de la réflexion, observa Dupin, s'abstenant d'allumer la mèche, nous l'examinerons plus convenablement dans les ténèbres.

— Voilà encore une de vos idées bizarres, dit le préfet, qui avait la manie d'appeler bizarres toutes les choses situées au-delà de sa compréhension, et qui vivait ainsi au milieu d'une immense légion de bizarreries.

— C'est, ma foi, vrai ! dit Dupin en présentant une pipe à notre visiteur, et roulant vers lui un excellent fauteuil.

— Et maintenant, quel est le cas embarrassant ? demandai-je ; j'espère bien que ce n'est pas encore dans le genre assassinat.

— Oh ! non. Rien de pareil. Le fait est que l'affaire est vraiment très-simple[1], et je ne doute pas que nous ne puissions nous en tirer fort bien nous-mêmes ; mais j'ai pensé que Dupin ne serait pas fâché d'apprendre les détails de cette affaire, parce qu'elle est excessivement *bizarre*.

— Simple et bizarre, dit Dupin.

— Mais oui ; et cette expression n'est pourtant pas exacte ; l'un ou l'autre, si vous aimez mieux. Le fait est que nous avons été tous là-bas fortement embarrassés par cette affaire ; car, toute simple qu'elle est, elle nous déroute complètement.

— Peut-être est-ce la simplicité même de la chose qui vous induit en erreur, dit mon ami.

— Quel non-sens nous dites-vous là ! répliqua le préfet, en riant de bon cœur.

— Peut-être le mystère est-il un peu *trop* clair, dit Dupin.

— Oh ! bonté du ciel ! qui a jamais ouï parler d'une idée pareille.

---

1. Jusqu'en 1835, l'Académie française faisait suivre « très » d'un trait d'union, qu'elle a supprimé en 1878.

— Un peu *trop* évident.

— Ha! ha! ha! ha! oh! oh! criait notre hôte, qui se divertissait profondément. Oh! Dupin, vous me ferez mourir de joie, voyez-vous.

— Et enfin, demandai-je, quelle est la chose en question?

— Mais, je vous la dirai, répliqua le préfet, en lâchant une longue, solide et contemplative bouffée de fumée, et s'établissant dans son fauteuil. Je vous la dirai en peu de mots. Mais, avant de commencer, laissez-moi vous avertir que c'est une affaire qui demande le plus grand secret, et que je perdrais très-probablement le poste que j'occupe, si l'on savait que je l'ai confiée à qui que ce soit.

— Commencez, dis-je.

— Ou ne commencez pas, dit Dupin.

— C'est bien; je commence. J'ai été informé personnellement, et en très-haut lieu, qu'un certain document de la plus grande importance avait été soustrait dans les appartements royaux. On sait quel est l'individu qui l'a volé; cela est hors de doute; on l'a vu s'en emparer. On sait aussi que ce document est toujours en sa possession.

— Comment sait-on cela? demanda Dupin.

— Cela est clairement déduit de la nature du document et de la non-apparition de certains résultats qui surgiraient immédiatement s'il sortait des mains du voleur; en d'autres termes, s'il était employé en vue du but que celui-ci doit évidemment se proposer.

— Veuillez être un peu plus clair, dis-je.

— Eh bien, j'irai jusqu'à vous dire que ce papier confère à son détenteur un certain pouvoir dans un certain lieu où ce pouvoir est d'une valeur inappréciable. – Le préfet raffolait du *cant*[1] diplomatique.

---

1. Mot anglais signifiant «expressions stéréotypées, clichés, lieux communs».

— Je continue à ne rien comprendre, dit Dupin.

— Rien, vraiment? Allons! Ce document, révélé à un troisième personnage, dont je tairai le nom, mettrait en question l'honneur d'une personne du plus haut rang; et voilà ce qui donne au détenteur du document un ascendant sur l'illustre personne dont l'honneur et la sécurité sont ainsi mis en péril.

— Mais cet ascendant, interrompis-je, dépend de ceci: le voleur sait-il que la personne volée connaît son voleur? Qui oserait…?

— Le voleur, dit G…, c'est D… qui ose tout ce qui est indigne d'un homme, aussi bien que ce qui est digne de lui. Le procédé du vol a été aussi ingénieux que hardi. Le document en question, une lettre, pour être franc, a été reçu par la personne volée pendant qu'elle était seule dans le boudoir royal. Pendant qu'elle le lisait, elle fut soudainement interrompue par l'entrée de l'illustre personnage à qui elle désirait particulièrement le cacher. Après avoir essayé en vain de le jeter rapidement dans un tiroir, elle fut obligée de le déposer tout ouvert sur une table. La lettre, toutefois, était retournée, la suscription[1] en dessus, et, le contenu étant ainsi caché, elle n'attira pas l'attention. Sur ces entrefaites arriva le ministre D… Son œil de lynx perçoit immédiatement le papier, reconnaît l'écriture de la suscription, remarque l'embarras de la personne à qui elle était adressée, et pénètre son secret.

» Après avoir traité quelques affaires, expédiées tambour battant[2], à sa manière habituelle, il tire de sa poche une lettre à peu près semblable à la lettre en question, l'ouvre, fait semblant de la lire, et la place juste à côté de l'autre. Il se remet à causer, pendant un quart d'heure environ, des affaires publiques. À la longue, il prend congé, et met la main sur la lettre à laquelle il n'a aucun droit. La personne volée le vit,

---

1. Adresse d'une lettre.
2. Rapidement.

mais, naturellement, n'osa pas attirer l'attention sur ce fait, en présence du troisième personnage qui était à son côté. Le ministre décampa, laissant sur la table sa propre lettre, une lettre sans importance.

— Ainsi, dit Dupin en se tournant à moitié vers moi, voilà précisément le cas demandé pour rendre l'ascendant complet : le voleur sait que la personne volée connaît son voleur.

— Oui, répliqua le préfet, et, depuis quelques mois, il a été largement usé, dans un but politique, de l'empire conquis par ce stratagème, et jusqu'à un point fort dangereux. La personne volée est de jour en jour plus convaincue de la nécessité de retirer sa lettre. Mais, naturellement, cela ne peut pas se faire ouvertement. Enfin, poussée au désespoir, elle m'a chargé de la commission.

— Il n'était pas possible, je suppose, dit Dupin dans une auréole de fumée, de choisir ou même d'imaginer un agent plus sagace.

— Vous me flattez, répliqua le préfet ; mais il est bien possible qu'on ait conçu de moi quelque opinion de ce genre.

— Il est clair, dis-je, comme vous l'avez remarqué, que la lettre est toujours entre les mains du ministre ; puisque c'est le fait de la possession et non l'usage de la lettre qui crée l'ascendant. Avec l'usage, l'ascendant s'évanouit.

— C'est vrai, dit G…, et c'est d'après cette conviction que j'ai marché. Mon premier soin a été de faire une recherche minutieuse à l'hôtel[1] du ministre ; et, là, mon principal embarras fut de chercher à son insu. Par-dessus tout, j'étais en garde contre le danger qu'il y aurait eu à lui donner un motif de soupçonner notre dessein.

---

1. Demeure citadine d'un personnage important (hôtel particulier).

— Mais, dis-je, vous êtes tout à fait à votre affaire, dans ces espèces d'investigations. La police parisienne a pratiqué la chose plus d'une fois.

— Oh! sans doute; – et c'est pourquoi j'avais bonne espérance. Les habitudes du ministre me donnaient d'ailleurs un grand avantage. Il est souvent absent de chez lui toute la nuit. Ses domestiques ne sont pas nombreux. Ils couchent à une certaine distance de l'appartement de leur maître, et, comme ils sont Napolitains avant tout, ils mettent de la bonne volonté à se laisser enivrer. J'ai, comme vous savez, des clefs avec lesquelles je puis ouvrir toutes les chambres et tous les cabinets de Paris. Pendant trois mois, il ne s'est pas passé une nuit, dont je n'aie employé la plus grande partie à fouiller, en personne, l'hôtel D… Mon honneur y est intéressé, et, pour vous confier un grand secret, la récompense est énorme. Aussi je n'ai abandonné les recherches que lorsque j'ai été pleinement convaincu que le voleur était encore plus fin que moi. Je crois que j'ai scruté tous les coins et recoins de la maison dans lesquels il était possible de cacher un papier.

— Mais ne serait-il pas possible, insinuai-je, que, bien que la lettre fût au pouvoir du ministre, – elle y est indubitablement, – il l'eût cachée ailleurs que dans sa propre maison?

— Cela n'est guère possible, dit Dupin. La situation particulière, actuelle, des affaires de la cour, spécialement la nature de l'intrigue dans laquelle D… a pénétré, comme on sait, font de l'efficacité immédiate du document, – de la possibilité de le produire à la minute, – un point d'une importance presque égale à sa possession.

— La possibilité de le produire? dis-je.

— Ou, si vous aimez mieux, de l'annihiler, dit Dupin.

— C'est vrai, remarquai-je. Le papier est donc évidemment dans l'hôtel. Quant au cas où il serait sur la personne même du ministre, nous le considérons comme tout à fait hors de la question.

— Absolument, dit le préfet. Je l'ai fait arrêter deux fois par de faux voleurs, et sa personne a été scrupuleusement fouillée sous mes propres yeux.

— Vous auriez pu vous épargner cette peine, dit Dupin. – D… n'est pas absolument fou, je présume, et dès lors il a dû prévoir ces guets-apens comme choses naturelles.

— Pas *absolument* fou, c'est vrai, dit G…, – toutefois, c'est un poète, ce qui, je crois, n'en est pas fort éloigné.

— C'est vrai, dit Dupin, après avoir longuement et pensivement poussé la fumée de sa pipe d'écume, bien que je me sois rendu moi-même coupable de certaine rapsodie[1].

— Voyons, dis-je, racontez-nous les détails précis de votre recherche.

— Le fait est que nous avons pris notre temps, et que nous avons cherché *partout*. J'ai une vieille expérience de ces sortes d'affaires. Nous avons entrepris la maison de chambre en chambre ; nous avons consacré à chacune les nuits de toute une semaine. Nous avons d'abord examiné les meubles de chaque appartement. Nous avons ouvert tous les tiroirs possibles ; et je présume que vous n'ignorez pas que, pour un agent de police bien dressé, un tiroir *secret* est une chose qui n'existe pas. Tout homme qui, dans une perquisition de cette nature, permet à un tiroir secret de lui échapper est une brute. La besogne est si facile ! Il y a dans chaque pièce une certaine quantité de volumes et de surfaces dont on peut se rendre compte. Nous avons pour cela des règles exactes. La cinquième partie d'une ligne ne peut pas nous échapper.

» Après les chambres, nous avons pris les sièges. Les coussins ont été sondés avec ces longues et fines aiguilles que vous m'avez vu employer. Nous avons enlevé les dessus des tables.

— Et pourquoi ?

---

1. Texte racontant des événements héroïques, récité ou chanté par des poètes de l'Antiquité.

— Quelquefois le dessus d'une table ou de toute autre pièce d'ameublement analogue est enlevé par une personne qui désire cacher quelque chose ; elle creuse le pied de la table ; l'objet est déposé dans la cavité, et le dessus replacé. On se sert de la même manière des montants d'un lit.

— Mais ne pourrait-on pas deviner la cavité par l'auscultation ? demandai-je.

— Pas le moins du monde, si, en déposant l'objet, on a eu soin de l'entourer d'une bourre de coton suffisante. D'ailleurs, dans notre cas, nous étions obligés de procéder sans bruit.

— Mais vous n'avez pas pu défaire, – vous n'avez pas pu démonter toutes les pièces d'ameublement dans lesquelles on aurait pu cacher un dépôt de la façon dont vous parlez. Une lettre peut être roulée en une spirale très-mince, ressemblant beaucoup par sa forme et son volume à une grosse aiguille à tricoter, et être ainsi insérée dans un bâton de chaise, par exemple. Avez-vous démonté toutes les chaises ?

— Non, certainement, mais nous avons fait mieux, nous avons examiné les bâtons de toutes les chaises de l'hôtel, et même les jointures de toutes les pièces de l'ameublement, à l'aide d'un puissant microscope. S'il y avait eu la moindre trace d'un désordre récent, nous l'aurions infailliblement découvert à l'instant. Un seul grain de poussière causée par la vrille, par exemple, nous aurait sauté aux yeux comme une pomme. La moindre altération dans la colle, – un simple bâillement dans les jointures aurait suffi pour nous révéler la cachette.

— Je présume que vous avez examiné les glaces entre la glace et le planchéiage, et que vous avez fouillé les lits et les courtines[1] des lits, aussi bien que les rideaux et les tapis.

---

1. Rideaux de lit.

— Naturellement ; et quand nous eûmes absolument passé en revue tous les articles de ce genre, nous avons examiné la maison elle-même. Nous avons divisé la totalité de sa surface en compartiments, que nous avons numérotés, pour être sûrs de n'en omettre aucun ; nous avons fait de chaque pouce carré l'objet d'un nouvel examen au microscope, et nous y avons compris les deux maisons adjacentes.

— Les deux maisons adjacentes ! m'écriai-je ; vous avez dû vous donner bien du mal.

— Oui, ma foi ! mais la récompense offerte est énorme.

— Dans les maisons, comprenez-vous le sol ?

— Le sol est partout pavé en briques. Comparativement, cela ne nous a pas donné grand mal. Nous avons examiné la mousse entre les briques, elle était intacte.

— Vous avez sans doute visité les papiers de D…, et les livres de la bibliothèque ?

— Certainement, nous avons ouvert chaque paquet et chaque article ; nous n'avons pas seulement ouvert les livres, mais nous les avons parcourus feuillet par feuillet, ne nous contentant pas de les secouer simplement comme font plusieurs de nos officiers de police. Nous avons aussi mesuré l'épaisseur de chaque reliure avec la plus exacte minutie, et nous avons appliqué à chacune la curiosité jalouse du microscope. Si l'on avait récemment inséré quelque chose dans une des reliures, il eût été absolument impossible que le fait échappât à notre observation. Cinq ou six volumes qui sortaient des mains du relieur ont été soigneusement sondés longitudinalement avec les aiguilles.

— Vous avez exploré les parquets, sous les tapis ?

— Sans doute. Nous avons enlevé chaque tapis, et nous avons examiné les planches au microscope.

— Et les papiers des murs ?

— Aussi.

— Vous avez visité les caves ?

— Nous avons visité les caves.

— Ainsi, dis-je, vous avez fait fausse route, et la lettre n'est pas dans l'hôtel, comme vous le supposiez.

— Je crains que vous n'ayez raison, dit le préfet. – Et vous maintenant, Dupin, que me conseillez-vous de faire ?

— Faire une perquisition complète.

— C'est absolument inutile ! répliqua G… Aussi sûr que je vis, la lettre n'est pas dans l'hôtel !

— Je n'ai pas de meilleur conseil à vous donner, dit Dupin. Vous avez, sans doute, un signalement exact de la lettre ?

— Oh ! oui !

Et ici, le préfet, tirant un agenda, se mit à nous lire à haute voix une description minutieuse du document perdu, de son aspect intérieur, et spécialement de l'extérieur. Peu de temps après avoir fini la lecture de cette description, cet excellent homme prit congé de nous, plus accablé et l'esprit plus complètement découragé que je ne l'avais vu jusqu'alors.

Environ un mois après, il nous fit une seconde visite, et nous trouva occupés à peu près de la même façon. Il prit une pipe et un siège, et causa de choses et d'autres. À la longue, je lui dis :

— Eh bien, mais G…, et votre lettre volée ? Je présume qu'à la fin, vous vous êtes résigné à comprendre que ce n'est pas une petite besogne que d'enfoncer le ministre ?

— Que le diable l'emporte ! – J'ai pourtant recommencé cette perquisition, comme Dupin me l'avait conseillé ; mais, comme je m'en doutais, ç'a été peine perdue.

— De combien est la récompense offerte ? vous nous avez dit…, demanda Dupin.

— Mais... elle est très-forte... une récompense vraiment magnifique, – je ne veux pas vous dire au juste combien ;
mais une chose que je vous dirai, c'est que je m'engagerais
bien à payer de ma bourse cinquante mille francs à celui qui
pourrait me trouver cette lettre. Le fait est que la chose devient
de jour en jour plus urgente, et la récompense a été doublée
récemment. Mais, en vérité, on la triplerait, que je ne pourrais
faire mon devoir mieux que je l'ai fait.

— Mais... oui..., dit Dupin en traînant ses paroles au
milieu des bouffées de sa pipe, je crois... réellement, G...,
que vous n'avez pas fait... tout votre possible... vous n'êtes
pas allé au fond de la question. Vous pourriez faire... un peu
plus, je pense du moins, hein ?

— Comment ? dans quel sens ?

— Mais... (une bouffée de fumée) vous pourriez...
(bouffée sur bouffée) – prendre conseil en cette matière, hein ?
– (Trois bouffées de fumée.) – Vous rappelez-vous l'histoire
qu'on raconte d'Abernethy[1] ?

— Non ! au diable votre Abernethy !

— Assurément ! au diable, si cela vous amuse ! Or donc,
une fois, un certain riche, fort avare, conçut le dessein de
soutirer à Abernethy une consultation médicale. Dans ce but,
il entama avec lui, au milieu d'une société, une conversation
ordinaire, à travers laquelle il insinua au médecin son propre
cas, comme celui d'un individu imaginaire.

« — Nous supposerons, dit l'avare, que les symptômes
sont tels et tels ; maintenant, docteur, que lui conseilleriez-
vous de prendre ?

« — Que prendre ? dit Abernethy, mais prendre conseil à
coup sûr. »

---

1. Médecin célèbre de l'époque.

— Mais, dit le préfet, un peu décontenancé, je suis tout disposé à prendre conseil, et à payer pour cela. Je donnerais *vraiment* cinquante mille francs à quiconque me tirerait d'affaire.

— Dans ce cas, répliqua Dupin, ouvrant un tiroir et en tirant un livre de mandats, vous pouvez aussi bien me faire un bon pour la somme susdite. Quand vous l'aurez signé, je vous remettrai votre lettre.

Je fus stupéfié. Quant au préfet, il semblait absolument foudroyé. Pendant quelques minutes, il resta muet et immobile, regardant mon ami, la bouche béante, avec un air incrédule et des yeux qui semblaient lui sortir de la tête ; enfin, il parut revenir un peu à lui, il saisit une plume, et, après quelques hésitations, le regard ébahi et vide, il remplit et signa un bon de cinquante mille francs, et le tendit à Dupin par-dessus la table. Ce dernier l'examina soigneusement et le serra dans son portefeuille ; puis, ouvrant un pupitre, il en tira une lettre et la donna au préfet. Notre fonctionnaire l'agrippa dans une parfaite agonie de joie, l'ouvrit d'une main tremblante, jeta un coup d'œil sur son contenu, puis, attrapant précipitamment la porte, se rua sans plus de cérémonie hors de la chambre et de la maison, sans avoir prononcé une syllabe depuis le moment où Dupin l'avait prié de remplir le mandat.

Quand il fut parti, mon ami entra dans quelques explications.

— La police parisienne, dit-il, est excessivement habile dans son métier. Ses agents sont persévérants, ingénieux, rusés, et possèdent à fond toutes les connaissances que requièrent spécialement leurs fonctions. Aussi, quand G… nous détaillait son mode de perquisition dans l'hôtel D…, j'avais une entière confiance dans ses talents, et j'étais sûr qu'il avait fait une investigation pleinement suffisante, dans le cercle de sa spécialité.

— Dans le cercle de sa spécialité ? dis-je.

— Oui, dit Dupin ; les mesures adoptées n'étaient pas seulement les meilleures dans l'espèce, elles furent aussi poussées à une absolue perfection. Si la lettre avait été cachée dans le rayon de leur investigation, ces gaillards l'auraient trouvée, cela ne fait pas pour moi l'ombre d'un doute.

Je me contentai de rire ; mais Dupin semblait avoir dit cela fort sérieusement.

— Donc, les mesures, continua-t-il, étaient bonnes dans l'espèce et admirablement exécutées ; elles avaient pour défaut d'être inapplicables au cas et à l'homme en question. Il y a tout un ordre de moyens singulièrement ingénieux qui sont pour le préfet une sorte de lit de Procuste[1], sur lequel il adapte et garrotte tous ses plans. Mais il erre sans cesse par trop de profondeur ou par trop de superficialité pour le cas en question, et plus d'un écolier raisonnerait mieux que lui.

» J'ai connu un enfant de huit ans, dont l'infaillibilité au jeu de pair ou impair faisait l'admiration universelle. Ce jeu est simple, on y joue avec des billes. L'un des joueurs tient dans sa main un certain nombre de ses billes, et demande à l'autre : « Pair ou non ? » Si celui-ci devine juste, il gagne une bille ; s'il se trompe, il en perd une. L'enfant dont je parle gagnait toutes les billes de l'école. Naturellement, il avait un mode de divination, lequel consistait dans la simple observation et dans l'appréciation de la finesse de ses adversaires. Supposons que son adversaire soit un parfait nigaud et, levant sa main fermée, lui demande : « Pair ou impair ? » Notre écolier répond : « Impair ! » et il a perdu. Mais, à la seconde épreuve, il gagne, car il se dit en lui-même : « Le niais avait mis pair la première fois, et toute sa ruse ne va qu'à lui faire mettre impair à la seconde ; je dirai donc : "Impair !" » Il dit : « Impair », et il gagne.

---

1. Bandit légendaire qui mettait les gens au supplice. L'expression « lit de Procuste » signifie ici *n'appliquer que des moyens connus*.

» Maintenant, avec un adversaire un peu moins simple, il aurait raisonné ainsi : « Ce garçon voit que, dans le premier cas, j'ai dit "Impair", et, dans le second, il se proposera, – c'est la première idée qui se présentera à lui, une simple variation de pair à impair comme a fait le premier bêta ; mais une seconde réflexion lui dira que c'est là un changement trop simple, et finalement il se décidera à mettre pair comme la première fois. – Je dirai donc : "Pair !" » – Il dit « Pair » et gagne. Maintenant, ce mode de raisonnement de notre écolier, que ses camarades appellent la chance, – en dernière analyse, qu'est-ce que c'est ?

— C'est simplement, dis-je, une identification de l'intellect de notre raisonnement avec celui de son adversaire.

— C'est cela même, dit Dupin ; et, quand je demandai à ce petit garçon par quel moyen il effectuait cette parfaite identification qui faisait tout son succès, il me fit la réponse suivante : « Quand je veux savoir jusqu'à quel point quelqu'un est circonspect ou stupide, jusqu'à quel point il est bon ou méchant, ou quelles sont actuellement ses pensées, je compose mon visage d'après le sien, aussi exactement que possible, et j'attends alors pour savoir quels pensers ou quels sentiments naîtront dans mon esprit ou dans mon cœur, comme pour s'appareiller et correspondre avec ma physionomie. »

» Cette réponse de l'écolier enfonce de beaucoup toute la profondeur sophistique[1] attribuée à La Rochefoucauld[2], à La Bruyère[3], à Machiavel[4] et à Campanella[5].

---

1. De « sophisme », partie de la philosophie qui défend par des arguments subtils ou faux n'importe quelle thèse.
2. Penseur et écrivain français (1613-1680).
3. Penseur et écrivain français (1645-1696).
4. Homme politique et philosophe italien (1469-1527).
5. Philosophe italien (1568-1639).

— Et l'identification de l'intellect du raisonneur avec celui de son adversaire dépend, si je vous comprends bien, de l'exactitude avec laquelle l'intellect de l'adversaire est apprécié.

— Pour la valeur pratique, c'est en effet la condition, répliqua Dupin, et, si le préfet et toute sa bande se sont trompés si souvent, c'est, d'abord, faute de cette identification, en second lieu, par une appréciation inexacte, ou plutôt par la non-appréciation de l'intelligence avec laquelle ils se mesurent. Ils ne voient que leurs propres idées ingénieuses ; et, quand ils cherchent quelque chose de caché, ils ne pensent qu'aux moyens dont ils se seraient servis pour le cacher. Ils ont fortement raison en cela que leur propre ingéniosité est une représentation fidèle de celle de la foule ; mais, quand il se trouve un malfaiteur particulier dont la finesse diffère, en espèce, de la leur, ce malfaiteur, naturellement, les *roule*.

» Cela ne manque jamais quand son astuce est au-dessus de la leur, et cela arrive très-fréquemment même quand elle est au-dessous. Ils ne varient pas leur système d'investigation ; tout au plus, quand ils sont incités par quelque cas insolite, – par quelque récompense extraordinaire, – ils exagèrent et poussent à outrance leurs vieilles routines ; mais ils ne changent rien à leurs principes.

» Dans le cas de D..., par exemple, qu'a-t-on fait pour changer le système d'opération ? Qu'est-ce que c'est que toutes ces perforations, ces fouilles, ces sondes, cet examen au microscope, cette division des surfaces en pouces carrés numérotés ? Qu'est-ce que tout cela, si ce n'est pas l'exagération, dans son application, d'un des principes ou de plusieurs principes d'investigation, qui sont basés sur un ordre d'idées relatif à l'ingéniosité humaine, et dont le préfet a pris l'habitude dans la longue routine de ses fonctions ?

» Ne voyez-vous pas qu'il considère comme chose démontrée que *tous* les hommes qui veulent cacher une lettre se servent, – si ce n'est précisément d'un trou fait à la vrille dans le pied d'une chaise, – au moins de quelque trou, de quelque coin tout à fait singulier dont ils ont puisé l'invention dans le même registre d'idées que le trou fait avec une vrille ?

» Et ne voyez-vous pas aussi que des cachettes aussi *originales* ne sont employées que dans des occasions ordinaires et ne sont adoptées que par des intelligences ordinaires ; car dans tous les cas d'objets cachés, cette manière ambitieuse et torturée de cacher l'objet est, dans le principe, présumable et présumée ; ainsi, la découverte ne dépend nullement de la perspicacité, mais simplement du soin, de la patience et de la résolution des chercheurs. Mais, quand le cas est important, ou, ce qui revient au même aux yeux de la police, quand la récompense est considérable, on voit toutes ces belles qualités échouer infailliblement. Vous comprenez maintenant ce que je voulais dire en affirmant que, si la lettre volée avait été cachée dans le rayon de la perquisition de notre préfet, – en d'autres termes, si le principe inspirateur de la cachette avait été compris dans les principes du préfet, – il l'eût infailliblement découverte. Cependant, ce fonctionnaire a été complètement mystifié ; et la cause première, originelle, de sa défaite, gît dans la supposition que le ministre est un fou, parce qu'il s'est fait une réputation de poète. Tous les fous sont poètes, – c'est la manière de voir du préfet, – et il n'est coupable que d'une fausse distribution du terme moyen, en inférant de là que tous les poètes sont fous.

— Mais est-ce vraiment le poète ? demandai-je. Je sais qu'ils sont deux frères, et ils se sont fait tous deux une réputation dans les lettres. Le ministre, je crois, a écrit un livre fort remarquable sur le calcul différentiel et intégral. Il est le mathématicien, et non pas le poète.

— Vous vous trompez ; je le connais fort bien ; il est poète et mathématicien. Comme poète *et* mathématicien, il a dû raisonner juste ; comme simple mathématicien, il n'aurait pas raisonné du tout, et se serait ainsi mis à la merci du préfet.

— Une pareille opinion, dis-je, est faite pour m'étonner ; elle est démentie par la voix du monde entier. Vous n'avez pas l'intention de mettre à néant l'idée mûrie par plusieurs siècles. La raison mathématique est depuis longtemps regardée comme la raison *par excellence*[1].

— *Il y a à parier*, répliqua Dupin, en citant Chamfort[2], *que toute idée publique, toute convention reçue est une sottise, car elle a convenu au plus grand nombre*[3]. Les mathématiciens, – je vous accorde cela, – ont fait de leur mieux pour propager l'erreur populaire dont vous parlez, et qui, bien qu'elle ait été propagée comme vérité, n'en est pas moins une parfaite erreur. Par exemple, ils nous ont, avec un art digne d'une meilleure cause, accoutumés à appliquer le terme *analyse* aux opérations algébriques. Les Français sont les premiers coupables de cette tricherie scientifique ; mais, si l'on reconnaît que les termes de la langue ont une réelle importance, – si les mots tirent leur valeur de leur application, – oh ! alors, je concède qu'*analyse* traduit *algèbre,* à peu près comme en latin *ambitus* signifie ambition ; *religio*, religion ; ou *homines honesti*, la classe des gens honorables.

— Je vois, dis-je, que vous allez vous faire une querelle avec un bon nombre d'algébristes de Paris ; – mais continuez.

— Je conteste la validité, et conséquemment les résultats d'une raison cultivée par tout procédé spécial autre que la logique abstraite. Je conteste particulièrement le raisonnement tiré de l'étude des mathématiques. Les mathématiques sont la science des formes et des qualités ; le raisonnement mathématique n'est autre que la simple logique appliquée à la forme et à la quantité. La grande erreur consiste à supposer que les vérités qu'on nomme *purement* algébriques sont des vérités abstraites ou générales. Et cette erreur est si énorme,

---

1. En français dans le texte.
2. Penseur français (1794-1878).
3. Citation en français dans le texte.

que je suis émerveillé de l'unanimité avec laquelle elle est accueillie. Les axiomes mathématiques ne sont pas des axiomes d'une vérité générale. Ce qui est vrai d'un rapport de forme ou de quantité est souvent une grossière erreur relativement à la morale, par exemple. Dans cette dernière science, il est très-communément faux que la somme des fractions soit égale au tout. De même en chimie, l'axiome a tort. Dans l'appréciation d'une force motrice, il a également tort ; car deux moteurs, chacun étant d'une puissance donnée, n'ont pas, nécessairement, quand ils sont associés, une puissance égale à la somme de leurs puissances prises séparément. Il y a une foule d'autres vérités mathématiques qui ne sont des vérités que dans des limites de *rapport*. Mais le mathématicien argumente incorrigiblement d'après ses *vérités finies*, comme si elles étaient d'une application générale et absolue, – valeur que d'ailleurs le monde leur attribue. Bryant[1], dans sa très-remarquable *Mythologie*, mentionne une source analogue d'erreurs, quand il dit que, bien que personne ne croie aux fables du paganisme[2], cependant nous nous oublions nous-mêmes sans cesse au point d'en tirer des déductions, comme si elles étaient des réalités vivantes. Il y a d'ailleurs chez nos algébristes, qui sont eux-mêmes des païens, de certaines fables païennes auxquelles on ajoute foi, et dont on a tiré des conséquences, non pas tant par une absence de mémoire que par un incompréhensible trouble du cerveau. Bref, je n'ai jamais rencontré de pur mathématicien en qui on pût avoir confiance en dehors de ses racines et de ses équations ; je n'en ai pas connu un seul qui ne tînt pas clandestinement pour article de foi que $x^2 + px$ est absolument et inconditionnellement égal à q. Dites à l'un de ces messieurs, en matière d'expérience, si cela vous amuse, que vous croyez à la possibilité de cas où $x^2 + px$ ne serait pas absolument égal à q ; et, quand vous lui aurez fait comprendre ce que vous voulez dire,

---

1. Avocat et poète américain (1794-1878).
2. Religion considérée comme païenne par le christianisme, le judaïsme et l'islamisme.

mettez-vous hors de sa portée et le plus lestement possible ; car, sans aucun doute, il essayera de vous assommer.

» Je veux dire, continua Dupin, pendant que je me contentais de rire de ses dernières observations, que, si le ministre n'avait été qu'un mathématicien, le préfet n'aurait pas été dans la nécessité de me souscrire ce billet. Je le connaissais pour un mathématicien et un poète, et j'avais pris mes mesures en raison de sa capacité, et en tenant compte des circonstances où il se trouvait placé. Je savais que c'était un homme de cour et un intrigant déterminé. Je réfléchis qu'un pareil homme devait indubitablement être au courant des pratiques de la police. Évidemment, il devait avoir prévu – et l'événement l'a prouvé – les guets-apens qui lui ont été préparés. Je me dis qu'il avait prévu les perquisitions secrètes dans son hôtel. Ces fréquentes absences nocturnes que notre bon préfet avait saluées comme des adjuvants[1] positifs de son futur succès, je les regardais simplement comme des ruses pour faciliter les libres recherches de la police et lui persuader plus facilement que la lettre n'était pas dans l'hôtel. Je sentais aussi que toute la série d'idées relatives aux principes invariables de l'action policière dans le cas de perquisition, – idées que je vous expliquerai tout à l'heure, non sans quelque peine, – je sentais, dis-je, que toute cette série d'idées avait dû nécessairement se dérouler dans l'esprit du ministre.

» Cela devait impérativement le conduire à dédaigner toutes les cachettes vulgaires. Cet homme-là ne pouvait pas être assez faible pour ne pas deviner que la cachette la plus compliquée, la plus profonde de son hôtel serait aussi peu secrète qu'une antichambre ou une armoire pour les yeux, les sondes, les vrilles et les microscopes du préfet. Enfin je voyais qu'il avait dû viser nécessairement à la simplicité, s'il n'y avait pas été induit par un goût naturel. Vous vous rappelez sans doute avec quels éclats de rire le préfet accueillit l'idée que

---

1. Aides, stimulants.

j'exprimai dans notre première entrevue, à savoir que si le mystère l'embarrassait si fort, c'était peut être en raison de son absolue simplicité.

— Oui, dis-je, je me rappelle parfaitement son hilarité. Je croyais vraiment qu'il allait tomber dans des attaques de nerfs.

— Le monde matériel, continua Dupin, est plein d'analogies exactes avec l'immatériel, et c'est ce qui donne une couleur de vérité à ce dogme de rhétorique[1], qu'une métaphore ou une comparaison peut fortifier un argument aussi bien qu'embellir une description.

»Le principe de la force d'inertie, par exemple, semble identique dans les deux natures, physique et métaphysique; un gros corps est plus difficilement mis en mouvement qu'un petit, et sa quantité de mouvement est en proportion de cette difficulté; voilà qui est aussi positif que cette proposition analogue: les intellects d'une vaste capacité, qui sont en même temps plus impétueux, plus constants et plus accidentés dans leur mouvement que ceux d'un degré inférieur, sont ceux qui se meuvent le moins aisément, et qui sont les plus embarrassés d'hésitation quand ils se mettent en marche. Autre exemple: avez-vous jamais remarqué quelles sont les enseignes de boutique qui attirent le plus l'attention?

— Je n'ai jamais songé à cela, dis-je.

— Il existe, reprit Dupin, un jeu de divination, qu'on joue avec une carte géographique. Un des joueurs prie quelqu'un de deviner un mot donné, – un nom de ville, de rivière, d'État ou d'empire, – enfin un mot quelconque compris dans l'étendue bigarrée et embrouillée de la carte. Une personne novice dans le jeu cherche en général à embarrasser ses adversaires en leur donnant à deviner des noms écrits en

1. Technique de mise en forme de moyens de communication par les figures de style, la composition, etc.

caractères imperceptibles ; mais les adeptes du jeu choisissent des mots en gros caractères qui s'étendent d'un bout de la carte à l'autre. Ces mots-là, comme les enseignes et les affiches à lettres énormes, échappent à l'observateur par le fait même de leur excessive évidence ; et, ici, l'oubli matériel est précisément analogue à l'inattention morale d'un esprit qui laisse échapper les considérations trop palpables, évidentes jusqu'à la banalité et l'importunité. Mais c'est là un cas, à ce qu'il semble, un peu au-dessus ou au-dessous de l'intelligence du préfet. Il n'a jamais cru probable ou possible que le ministre eût déposé sa lettre juste sous le nez du monde entier, comme pour mieux empêcher un individu quelconque de l'apercevoir.

» Mais plus je réfléchissais à l'audacieux, au distinctif et brillant esprit de D…, – à ce fait qu'il avait dû toujours avoir le document sous la main, pour en faire immédiatement usage, si besoin était, – et à cet autre fait que, d'après la démonstration décisive fournie par le préfet, ce document n'était pas caché dans les limites d'une perquisition ordinaire et en règle, – plus je me sentais convaincu que le ministre, pour cacher sa lettre, avait eu recours à l'expédient le plus ingénieux du monde, le plus large, qui était de ne pas même essayer de la cacher.

» Pénétré de ces idées, j'ajustai sur mes yeux une paire de lunettes vertes, et je me présentai un beau matin, comme par hasard, à l'hôtel du ministre. Je trouve D… chez lui, bâillant, flânant, musant, et se prétendant accablé d'un suprême *ennui*[1]. D… est peut-être l'homme le plus réellement énergique qui soit aujourd'hui, mais c'est seulement quand il est sûr de n'être vu de personne.

» Pour n'être pas en reste avec lui, je me plaignis de la faiblesse de mes yeux et de la nécessité de porter des lunettes.

---

1. En français dans le texte.

Mais, derrière ces lunettes, j'inspectais soigneusement et minutieusement tout l'appartement, en faisant semblant d'être tout à la conversation de mon hôte.

» Je donnai une attention spéciale à un vaste bureau auprès duquel il était assis, et sur lequel gisaient pêle-mêle des lettres diverses et d'autres papiers, avec un ou deux instruments de musique et quelques livres. Après un long examen, fait à loisir, je n'y vis rien qui pût exciter particulièrement mes soupçons.

» À la longue, mes yeux, en faisant le tour de la chambre, tombèrent sur un misérable porte-cartes, orné de clinquant, et suspendu par un ruban bleu crasseux à un petit bouton de cuivre au-dessus du manteau de la cheminée. Ce porte-cartes, qui avait trois ou quatre compartiments, contenait cinq ou six cartes de visite et une lettre unique. Cette dernière était fortement salie et chiffonnée. Elle était presque déchirée en deux par le milieu, comme si on avait eu d'abord l'intention de la déchirer entièrement, ainsi qu'on fait d'un objet sans valeur ; mais on avait vraisemblablement changé d'idée. Elle portait un large sceau noir avec le chiffre de D… très en évidence, et était adressée au ministre lui-même. La suscription était d'une écriture de femme très-fine. On l'avait jetée négligemment, et même, à ce qu'il semblait, assez dédaigneusement dans l'un des compartiments supérieurs du porte-cartes.

» À peine eus-je jeté un coup d'œil sur cette lettre, que je conclus que c'était celle dont j'étais en quête. Évidemment elle était, par son aspect, absolument différente de celle dont le préfet nous avait lu une description si minutieuse. Ici, le sceau était large et noir avec le chiffre de D… ; dans l'autre, il était petit et rouge, avec les armes ducales de la famille S… Ici, la suscription était d'une écriture menue et féminine ; dans l'autre, l'adresse, portant le nom d'une personne royale, était d'une écriture hardie, décidée et caractérisée ; les deux lettres ne se ressemblaient qu'en un point, la dimension. Mais le caractère excessif de ces différences, fondamentales en somme, la saleté, l'état déplorable du papier, fripé et déchiré, qui contredisaient les véritables habitudes de D…, si méthodique, et qui dénonçaient l'intention de dérouter un indiscret en lui offrant toutes les apparences d'un document sans valeur, – tout cela, en y ajoutant la situation imprudente du document mis en plein sous les yeux de tous les visiteurs et concordant ainsi exactement avec mes conclusions antérieures, – tout cela, dis-je, était fait pour corroborer décidément les soupçons de quelqu'un venu avec le parti pris du soupçon.

» Je prolongeai ma visite aussi longtemps que possible, et tout en soutenant une discussion très-vive avec le ministre sur un point que je savais être pour lui d'un intérêt toujours nouveau, je gardais invariablement mon attention braquée sur la lettre. Tout en faisant cet examen, je réfléchissais sur son aspect extérieur et sur la manière dont elle était arrangée dans le porte-cartes, et à la longue je tombai sur une découverte qui mit à néant le léger doute qui pouvait me rester encore. En analysant les bords du papier, je remarquai qu'ils étaient plus éraillés que *nature*. Ils présentaient l'aspect cassé d'un papier dur, qui, ayant été plié et foulé par le couteau à papier, a été replié dans le sens inverse, mais dans les mêmes plis qui constituaient sa forme première. Cette découverte me suffisait. Il était clair pour moi que la lettre avait été retournée comme un gant, repliée et recachetée. Je souhaitai le bonjour au ministre, et je pris soudainement congé de lui, en oubliant une tabatière en or sur son bureau.

» Le matin suivant, je vins pour chercher ma tabatière, et nous reprîmes très-vivement la conversation de la veille. Mais, pendant que la discussion s'engageait, une détonation très-forte, comme un coup de pistolet, se fit entendre sous les fenêtres de l'hôtel, et fut suivie des cris et des vociférations d'une foule épouvantée. D… se précipita vers une fenêtre, l'ouvrit, et regarda dans la rue. En même temps, j'allai droit au porte-cartes, je pris la lettre, je la mis dans ma poche, et je la remplaçai par une autre, une espèce de *fac-similé* (quant à l'extérieur), que j'avais soigneusement préparé chez moi, – en contrefaisant le chiffre de D… à l'aide d'un sceau de mie de pain.

» Le tumulte de la rue avait été causé par le caprice insensé d'un homme armé d'un fusil. Il avait déchargé son arme au milieu d'une foule de femmes et d'enfants. Mais comme elle n'était pas chargée à balle, on prit ce drôle pour un lunatique ou un ivrogne, et on lui permit de continuer son chemin. Quand il fut parti, D… se retira de la fenêtre, où je l'avais suivi immédiatement après m'être assuré de la précieuse lettre. Peu d'instants après, je lui dis adieu. Le prétendu fou était un homme payé par moi.

— Mais quel était votre but, demandai-je à mon ami, en remplaçant la lettre par une contrefaçon ? N'eût-il pas été plus simple, dès votre première visite, de vous en emparer, sans autres précautions, et de vous en aller ?

— D…, répliqua Dupin, est capable de tout, et, de plus, c'est un homme solide. D'ailleurs, il a dans son hôtel des serviteurs à sa dévotion. Si j'avais fait l'extravagante tentative dont vous parlez, je ne serais pas sorti vivant de chez lui. Le bon peuple de Paris n'aurait plus entendu parler de moi. Mais, à part ces considérations, j'avais un but particulier. Vous connaissez mes sympathies politiques. Dans cette affaire, j'agis comme partisan de la dame en question. Voilà dix-huit mois que le ministre la tient en son pouvoir. C'est elle maintenant qui le tient, puisqu'il ignore que la lettre n'est plus chez lui, et qu'il va vouloir procéder à son chantage habituel. Il va donc infailliblement opérer lui-même et du premier coup sa ruine politique. Sa chute ne sera pas moins précipitée que ridicule. On parle fort lestement du *facilis descensus Averni*[1] ; mais en matière d'escalades, on peut dire ce que la Catalani[2] disait du

---

1. Il est facile de descendre dans le lac d'Averne. Ce cours d'eau, selon les Anciens, était l'entrée des enfers.
2. Diva italienne.

chant : « Il est plus facile de monter que de descendre. » Dans le cas présent, je n'ai aucune sympathie, pas même de pitié pour celui qui va descendre. D…, c'est le vrai *monstrum horrendum*, – un homme de génie sans principes. Je vous avoue, cependant, que je ne serais pas fâché de connaître le caractère exact de ses pensées, quand, mis au défi par celle que le préfet appelle *une certaine personne*, il sera réduit à ouvrir la lettre que j'ai laissée pour lui dans son porte-cartes.

— Comment ! est-ce que vous y avez mis quelque chose de particulier ?

— Eh mais ! il ne m'a pas semblé tout à fait convenable de laisser l'intérieur en blanc, – cela aurait eu l'air d'une insulte. Une fois, à Vienne, D… m'a joué un vilain tour, et je lui dis d'un ton tout à fait gai que je m'en souviendrais. Aussi, comme je savais qu'il éprouverait une certaine curiosité relativement à la personne par qui il se trouvait joué, je pensai que ce serait vraiment dommage de ne pas lui laisser un indice quelconque. Il connaît fort bien mon écriture, et j'ai copié tout au beau milieu de la page blanche ces mots :

Un dessein si funeste,
S'il n'est digne d'Atrée, est digne de Thyeste[1].

Vous trouverez cela dans l'*Atrée* de Crébillon[2].

---

1. Atrée et Thyeste sont deux frères légendaires de la mythologie grecque qui se disputèrent pour le royaume de leur père au point d'en arriver à la torture et à l'assassinat.
2. Prosper-Joliot, sieur de Crais-Billon, auteur dramatique français (1674-1762) écrivit une tragédie intitulée *Atrée et Thyeste*.

WILLIAM WILSON[1]

> Qu'en dira-t-elle ? Que dira cette conscience affreuse,
> Ce spectre qui marche dans mon chemin ?
>
> CHAMBERLAYNE[1]. – *Pharronida.*

Qu'il me soit permis pour le moment, de m'appeler William Wilson. La page vierge étalée devant moi ne doit pas être souillée par mon véritable nom. Ce nom n'a été que trop souvent un objet de mépris et d'horreur, – une abomination pour ma famille. Est-ce que les vents indignés n'ont pas ébruité jusque dans les plus lointaines régions du globe son incomparable infamie ? Oh ! de tous les proscrits, le proscrit le plus abandonné ! – n'es-tu pas mort à ce monde à jamais ? à ses honneurs, à ses fleurs, à ses aspirations dorées ? – et un nuage épais, lugubre, illimité, n'est-il pas éternellement suspendu entre tes espérances et le ciel ?

Je ne voudrais pas, quand même je le pourrais, enfermer aujourd'hui dans ces pages le souvenir de mes dernières années d'ineffable misère et d'irrémissible crime. Cette période récente de ma vie a soudainement comporté une hauteur de turpitude dont je veux simplement déterminer l'origine. C'est là pour le moment mon seul but. Les hommes, en général, deviennent vils par degrés. Mais moi, toute vertu s'est détachée de moi en une minute d'un seul coup, comme un manteau. D'une perversité relativement ordinaire, j'ai passé, par une enjambée de géant, à des énormités plus qu'héliogabaliques[2]. Permettez-moi de raconter tout au long quel hasard, quel unique accident a amené cette malédiction. La Mort approche, et l'ombre qui la devance a jeté une influence adoucissante sur mon cœur. Je soupire, en passant

---

1. Médecin et poète britannique (1619-1689).
2. Du nom de l'empereur romain Héliogabale (204-222), qui régna à coup de désordres et de sanglantes exécutions.

à travers la sombre vallée, après la sympathie – j'allais dire la pitié – de mes semblables. Je voudrais leur persuader que j'ai été en quelque sorte l'esclave des circonstances qui défiaient tout contrôle humain. Je désirerais qu'ils découvrissent pour moi, dans les détails que je vais leur donner, quelque petite oasis de *fatalité* dans un Sahara d'erreur. Je voudrais qu'ils accordassent – ce qu'ils ne peuvent pas se refuser à accorder – que, bien que ce monde ait connu de grandes tentations, jamais l'homme n'a été jusqu'ici tenté de cette façon, – et certainement n'a jamais succombé de cette façon. Est-ce donc pour cela qu'il n'a jamais connu les mêmes souffrances ? En vérité, n'ai-je pas vécu dans un rêve ? Est-ce que je ne meurs pas victime de l'horreur et du mystère des plus étranges de toutes les visions sublunaires ?

Je suis le descendant d'une race qui s'est distinguée en tout temps par un tempérament imaginatif et facilement excitable ; et ma première enfance prouva que j'avais pleinement hérité du caractère de famille. Quand j'avançai en âge, ce caractère se dessina plus fortement ; il devint, pour mille raisons, une cause d'inquiétude sérieuse pour mes amis et de préjudice positif pour moi-même. Je devins volontaire, adonné aux plus sauvages caprices ; je fus la proie des plus indomptables passions. Mes parents, qui étaient d'un esprit faible et que tourmentaient des défauts constitutionnels de même nature, ne pouvaient pas faire grand'chose pour arrêter les tendances mauvaises qui me distinguaient. Il y eut de leur côté quelques tentatives, faibles, mal dirigées, qui échouèrent complètement, et qui tournèrent pour moi en triomphe complet. À partir de ce moment, ma voix fut une loi domestique ; et, à un âge où peu d'enfants ont quitté leurs lisières[1], je fus abandonné à mon libre arbitre, et devins le maître de toutes mes actions, – excepté de nom.

---

1. Cordons attachés aux enfants pour les soutenir ou les diriger.

Mes premières impressions[1] de la vie d'écolier sont liées à une vaste et extravagante maison du style d'Elisabeth[2], dans un sombre village d'Angleterre, décoré de nombreux arbres gigantesques et noueux, et dont toutes les maisons étaient excessivement anciennes. En vérité, c'était un lieu semblable à un rêve et bien fait pour charmer l'esprit que cette vénérable vieille ville. En ce moment même, je sens en imagination le frisson rafraîchissant de ses avenues profondément ombreuses, je respire l'émanation de ses mille taillis, et je tressaille encore, avec une indéfinissable volupté, à la note profonde et sourde de la cloche, déchirant à chaque heure, de son rugissement soudain et morose, la quiétude de l'atmosphère brune dans laquelle s'enfonçait et s'endormait le clocher gothique tout dentelé.

Je trouve peut-être autant de plaisir qu'il m'est donné d'en éprouver maintenant à m'appesantir sur ces minutieux souvenirs de l'école et de ses rêveries. Plongé dans le malheur comme je le suis, – malheur, hélas! qui n'est que trop réel, – on me pardonnera de chercher un soulagement, bien léger et bien court, dans ces puérils et divagants détails. D'ailleurs, quoique absolument vulgaires et risibles en eux-mêmes, ils prennent dans mon imagination une importance circonstancielle, à cause de leur intime connexion avec les lieux et l'époque où je distingue maintenant les premiers avertissements ambigus de la destinée, qui depuis lors m'a si profondément enveloppé de son ombre. Laissez-moi donc me souvenir.

La maison, je l'ai dit, était vieille et irrégulière. Les terrains étaient vastes, et un haut et solide mur de briques, couronné d'une couche de mortier et de verre cassé, en faisait

---

1. Cette partie du récit est probablement autobiographique, car Poe a été mis en pension dans la petite ville de Stoke Newington, en Angleterre, de 1817 à 1820.

2. Elisabeth Ire, reine d'Angleterre (1533-1603). L'ère élisabéthaine correspond à l'épanouissement d'une littérature brillante grâce, entre autres, à l'écrivain William Shakespeare (1564-1616).

le circuit. Ce rempart digne d'une prison formait la limite de notre domaine; nos regards n'allaient au-delà que trois fois par semaine, – une fois chaque samedi, dans l'après-midi, quand, accompagnés de deux maîtres d'étude, on nous permettait de faire de courtes promenades en commun à travers la campagne voisine, et deux fois le dimanche, quand nous allions, avec la régularité des troupes à la parade, assister aux offices du matin et du soir dans l'unique église du village. Le principal de notre école était pasteur de cette église. Avec quel profond sentiment d'admiration et de perplexité avais-je coutume de le contempler, de notre banc relégué dans la tribune, quand il montait en chaire d'un pas solennel et lent! Ce personnage vénérable, avec ce visage si modeste et si bénin, avec une robe si bien lustrée et si cléricalement ondoyante, avec une perruque si minutieusement poudrée, si roide[1] et si vaste, pouvait-il être le même homme qui, tout à l'heure, avec un visage aigre et dans des vêtements souillés de tabac, faisait exécuter, férule[2] en main, les lois draconiennes[3] de l'école? Oh! gigantesque paradoxe, dont la monstruosité exclut toute solution!

Dans un angle du mur massif rechignait une porte plus massive encore, solidement fermée, garnie de verrous et surmontée d'un buisson de ferrailles denticulées. Quels sentiments profonds de crainte elle inspirait! Elle ne s'ouvrait jamais que pour les trois sorties et rentrées périodiques dont j'ai déjà parlé; alors, dans chaque craquement de ses gonds puissants, nous trouvions une plénitude de mystère, – tout un monde d'observations solennelles, ou de méditations plus solennelles encore.

Le vaste enclos était d'une forme irrégulière et divisé en plusieurs parties, dont trois ou quatre des plus grandes constituaient la cour de récréation. Elle était aplanie et recouverte

---

1. Raide.
2. Baguette de bois ou lanière de cuir avec laquelle on frappait les élèves fautifs.
3. Très sévères.

d'un sable menu et rude. Je me rappelle bien qu'elle ne contenait ni arbres ni bancs, ni quoi que ce soit d'analogue. Naturellement elle était située derrière la maison. Devant la façade s'étendait un petit parterre, planté de buis et d'autres arbustes ; mais nous ne traversions cette oasis sacrée que dans de bien rares occasions, telles que la première arrivée à l'école ou le départ définitif, ou peut-être quand, un ami, un parent nous ayant fait appeler, nous prenions joyeusement notre course vers le logis paternel, aux vacances de Noël ou de la Saint-Jean.

Mais la maison ! – quelle curieuse vieille bâtisse cela faisait ! – Pour moi quel véritable palais d'enchantements ! Il n'y avait réellement pas de fin à ses détours, – à ses incompréhensibles subdivisions. Il était difficile, à n'importe quel moment donné, de dire avec certitude si l'on se trouvait au premier ou au second étage. D'une pièce à l'autre, on était toujours sûr de trouver trois ou quatre marches à monter ou à descendre. Puis les subdivisions latérales étaient innombrables, inconcevables, tournaient et retournaient si bien sur elles-mêmes, que nos idées les plus exactes relativement à l'ensemble du bâtiment n'étaient pas très-différentes[1] de celles à travers lesquelles nous envisagions l'infini. Durant les cinq ans de ma résidence, je n'ai jamais été capable de déterminer avec précision dans quelle localité lointaine était situé le petit dortoir qui m'était assigné en commun avec dix-huit ou vingt autres écoliers.

La salle d'étude était la plus vaste de toute la maison – et même du monde entier ; du moins, je ne pouvais m'empêcher de la voir ainsi. Elle était très-longue, très-étroite et lugubrement basse, avec des fenêtres en ogive et un plafond en chêne. Dans un angle éloigné, d'où émanait la terreur, était une enceinte carrée de huit à dix pieds, représentant le

---

1. Jusqu'en 1835, l'Académie française faisait suivre « très » d'un trait d'union, qu'elle a supprimé en 1878.

sanctum[1] de notre principal, le révérend docteur Bransby[2], durant les heures d'étude. C'était une solide construction, avec une porte massive; plutôt que de l'ouvrir en l'absence du *Dominie*[3], nous aurions tous préféré mourir de *la peine forte et dure*[4]. À deux autres angles étaient deux autres loges analogues, objets d'une vénération beaucoup moins grande, il est vrai, mais toutefois d'une terreur assez considérable; l'une, la chaire du maître d'humanités, – l'autre, du maître d'anglais et de mathématiques. Éparpillés à travers la salle, d'innombrables bancs et des pupitres, effroyablement chargés de livres maculés par des doigts, se croisaient dans une irrégularité sans fin, – noirs, anciens, ravagés par le temps, et si bien cicatrisés de lettres initiales, de noms entiers, de figures grotesques et d'autres nombreux chefs-d'œuvre du couteau, qu'ils avaient entièrement perdu le peu de forme originelle qui leur avait été réparti dans les jours très-anciens. À une extrémité de la salle, se trouvait un énorme seau plein d'eau, et, à l'autre, une horloge d'une dimension prodigieuse.

Enfermé dans les murs massifs de cette vénérable école, je passai toutefois sans ennui et sans dégoût les années du troisième lustre[5] de ma vie. Le cerveau fécond de l'enfance n'exige pas un monde extérieur d'incidents pour s'occuper ou s'amuser, et la monotonie en apparence lugubre de l'école abondait en excitations plus intenses que toutes celles que ma jeunesse plus mûre a demandées à la volupté, ou ma virilité au crime. Toutefois, je dois croire que mon premier développement intellectuel fut, en grande partie, peu ordinaire et même déréglé. En général, les événements de l'existence enfantine ne laissent pas sur l'humanité, arrivée à l'âge mûr, une impression bien définie. Tout est ombre grise,

---

1. Mot latin signifiant « lieu sacré ».
2. Véritable nom du principal du collège qu'a connu Poe en Angleterre.
3. Mot latin signifiant « maître ».
4. En français dans le texte.
5. Mesure de temps qui équivaut à cinq années.

débile et irrégulier souvenir, fouillis confus de faibles plaisirs et de peines fantasmagoriques. Pour moi, il n'en est pas ainsi. Il faut que j'aie senti dans mon enfance, avec l'énergie d'un homme fait, tout ce que je trouve encore aujourd'hui frappé sur ma mémoire en lignes aussi vivantes, aussi profondes et aussi durables que les exergues[1] des médailles carthaginoises[2].

Et cependant, dans le fait, – au point de vue ordinaire du monde, – qu'il y avait là peu de chose pour le souvenir ! Le réveil du matin, l'ordre du coucher, les leçons à apprendre, les récitations, les demi-congés périodiques et les promenades, la cour de récréation avec ses querelles, ses passe-temps, ses intrigues, – tout cela, par une magie psychique disparue, contenait en soi un débordement de sensations, un monde riche d'incidents, un univers d'émotions variées et d'excitations des plus passionnées et des plus enivrantes. *Oh! le bon temps, que ce siècle de fer*[3] *!*

En réalité, ma nature ardente, enthousiaste, impérieuse, fit bientôt de moi un caractère marqué parmi mes camarades, et, peu à peu, tout naturellement, me donna un ascendant sur tous ceux qui n'étaient guère plus âgés que moi, – sur tous, un seul excepté. C'était un élève qui, sans aucune parenté avec moi, portait le même nom de baptême et le même nom de famille ; – circonstance peu remarquable en soi, – car le mien, malgré la noblesse de mon origine, était une de ces appellations vulgaires qui semblent avoir été de temps immémorial, par droit de prescription, la propriété commune de la foule. Dans ce récit, je me suis donc donné le nom de William Wilson, – nom fictif qui n'est pas très-éloigné du vrai. Mon homonyme seul, parmi ceux qui, selon la langue de l'école, composaient notre *classe*, osait rivaliser avec moi dans les études de l'école, – dans les jeux et les disputes de la récréa-

---

1. Espaces pour une inscription sur une médaille.

2. Originaires de Carthage, ville d'Afrique du Nord qui, dans l'Antiquité, devint un centre intellectuel et religieux renommé.

3. En français dans le texte.

tion, – refuser une créance aveugle à mes assertions et une soumission complète à ma volonté, – en somme, contrarier ma dictature dans tous les cas possibles. Si jamais il y eut sur la terre un despotisme suprême et sans réserve, c'est le despotisme d'un enfant de génie sur les âmes moins énergiques de ses camarades.

La rébellion de Wilson était pour moi la source du plus grand embarras ; d'autant plus qu'en dépit de la bravade avec laquelle je me faisais un devoir de le traiter publiquement, lui et ses prétentions, je sentais au fond que je le craignais, et je ne pouvais m'empêcher de considérer l'égalité qu'il maintenait si facilement vis-à-vis de moi comme la preuve d'une vraie supériorité, – puisque c'était de ma part un effort perpétuel pour n'être pas dominé. Cependant, cette supériorité, ou plutôt cette égalité, n'était vraiment reconnue que par moi seul ; nos camarades, par un inexplicable aveuglement, ne paraissaient même pas la soupçonner. Et vraiment, sa rivalité, sa résistance, et particulièrement son impertinente et hargneuse intervention dans tous mes desseins, ne visaient pas au-delà d'une intention privée. Il paraissait également dépourvu de l'ambition qui me poussait à dominer et de l'énergie passionnée qui m'en donnait les moyens. On aurait pu le croire, dans cette rivalité, dirigé uniquement par un désir fantasque de me contrecarrer, de m'étonner, de me mortifier ; bien qu'il y eût des cas où je ne pouvais m'empêcher de remarquer avec un sentiment confus d'ébahissement, d'humiliation et de colère, qu'il mêlait à ses outrages, à ses impertinences et à ses contradictions, de certains airs d'affectuosité les plus intempestifs, et, assurément, les plus déplaisants du monde. Je ne pouvais me rendre compte d'une si étrange conduite qu'en la supposant le résultat d'une parfaite suffisance se permettant le ton vulgaire du patronage et de la protection.

Peut-être était-ce ce dernier trait, dans la conduite de Wilson, qui, joint à notre homonymie et au fait purement accidentel de notre entrée simultanée à l'école, répandit parmi nos condisciples des classes supérieures l'opinion que nous étions frères. Habituellement ils ne s'enquièrent pas avec beaucoup d'exactitude des affaires des plus jeunes. J'ai déjà dit, ou j'aurais dû dire, que Wilson n'était pas, même au degré le plus éloigné, apparenté avec ma famille. Mais assurément, si nous avions été frères, nous aurions été jumeaux ; car, après avoir quitté la maison du docteur Bransby, j'ai appris par hasard que mon homonyme était né le 19 janvier 1813[1], – et c'est là une coïncidence assez remarquable, car ce jour est précisément celui de ma naissance.

Il peut paraître étrange qu'en dépit de la continuelle anxiété que me causait la rivalité de Wilson et son insupportable esprit de contradiction, je ne fusse pas porté à le haïr absolument. Nous avions, à coup sûr, presque tous les jours une querelle, dans laquelle, m'accordant publiquement la palme de la victoire, il s'efforçait en quelque façon de me faire sentir que c'était lui qui l'avait méritée ; cependant, un sentiment d'orgueil de ma part, et de la sienne une véritable dignité, nous maintenaient toujours dans des termes de stricte convenance, pendant qu'il y avait des points assez nombreux de conformité dans nos caractères pour éveiller en moi un sentiment que notre situation respective empêchait seule peut-être de mûrir en amitié. Il m'est difficile, en vérité, de définir ou même de décrire mes vrais sentiments à son égard ; ils formaient un amalgame bigarré et hétérogène, – une animosité pétulante qui n'était pas encore de la haine, de l'estime, encore plus de respect, beaucoup de crainte et une immense et inquiète curiosité. Il est superflu d'ajouter, pour le moraliste, que Wilson et moi nous étions les plus inséparables des camarades.

Ce fut sans doute l'anomalie et l'ambiguïté de nos relations qui coulèrent toutes mes attaques contre lui – et, franches ou dissimulées, elles étaient nombreuses – dans le

---

1. Malgré le caractère autobiographique de cette partie du texte, la date de naissance de Poe est le 19 janvier 1809.

moule de l'ironie et de la charge (la bouffonnerie ne fait-elle pas d'excellentes blessures?), plutôt qu'en une hostilité plus sérieuse et plus déterminée. Mais mes efforts sur ce point n'obtenaient pas régulièrement un parfait triomphe, même quand mes plans étaient le plus ingénieusement machinés; car mon homonyme avait dans son caractère beaucoup de cette austérité pleine de réserve et de calme, qui, tout en jouissant de la morsure de ses propres railleries, ne montre jamais le talon d'Achille[1] et se dérobe absolument au ridicule. Je ne pouvais trouver en lui qu'un seul point vulnérable, et c'était dans un détail physique, qui, venant peut-être d'une infirmité constitutionnelle, aurait été épargné par tout antagoniste moins acharné à ses fins que je ne l'étais; – mon rival avait une faiblesse dans l'appareil vocal qui l'empêchait de jamais élever la voix *au-dessus d'un chuchotement très-bas*. Je ne manquais pas de tirer de cette imperfection tout le pauvre avantage qui était en mon pouvoir.

Les représailles de Wilson étaient de plus d'une sorte, et il avait particulièrement un genre de malice qui me troublait outre mesure. Comment eut-il dans le principe la sagacité de découvrir qu'une chose aussi minime pouvait me vexer, c'est une question que je n'ai jamais pu résoudre; mais, une fois qu'il l'eut découvert, il pratiqua opiniâtrement cette torture. Je m'étais toujours senti de l'aversion pour mon malheureux nom de famille, si inélégant, et pour mon prénom, si trivial, sinon tout à fait plébéien[2]. Ces syllabes étaient un poison pour mes oreilles; et, quand le jour même de mon arrivée, un second William Wilson se présenta dans l'école, je lui en voulus de porter ce nom, et je me dégoûtai doublement du nom parce qu'un étranger le portait, – un étranger qui serait cause que je l'entendrais prononcer deux fois plus souvent, – qui serait constamment en ma présence, et dont les affaires,

---

1. Combattant légendaire de la guerre de Troie qui était invincible sauf si on l'atteignait au talon, son seul point vulnérable.

2. Qui appartient au peuple.

dans le train-train ordinaire des choses de collège, seraient souvent et inévitablement, en raison de cette détestable coïncidence, confondues avec les miennes.

Le sentiment d'irritation créé par cet accident devint plus vif à chaque circonstance qui tendait à mettre en lumière toute ressemblance morale ou physique entre mon rival et moi. Je n'avais pas encore découvert ce très-remarquable fait de parité dans notre âge ; mais je voyais que nous étions de la même taille, et je m'apercevais que nous avions même une singulière ressemblance dans notre physionomie générale et dans nos traits. J'étais également exaspéré par le bruit qui courait sur notre parenté, et qui avait généralement crédit dans les classes supérieures. — En un mot, rien ne pouvait plus sérieusement me troubler (quoique je cachasse avec le plus grand soin tout symptôme de ce trouble) qu'une allusion quelconque à une similitude entre nous, relative à l'esprit, à la personne, ou à la naissance ; mais vraiment je n'avais aucune raison de croire que cette similitude (à l'exception du fait de la parenté, et de tout ce que savait voir Wilson lui-même) eût jamais été un sujet de commentaires ou même remarquée par nos camarades de classe. Que *lui*, il l'observât sous toutes ses faces, et avec autant d'attention que moi-même, cela était clair ; mais qu'il eût pu découvrir dans de pareilles circonstances une mine si riche de contrariétés, je ne peux l'attribuer, comme je l'ai déjà dit, qu'à sa pénétration plus qu'ordinaire.

Il me donnait la réplique avec une parfaite imitation de moi-même, – gestes et paroles – et il jouait admirablement son rôle. Mon costume était chose facile à copier ; ma démarche et mon allure générale, il se les était appropriées sans difficulté ; en dépit de son défaut constitutionnel, ma voix elle-même ne lui avait pas échappé. Naturellement, il n'essayait pas les tons élevés, mais la clef était identique, *et sa voix, pourvu qu'il parlât bas, devenait le parfait écho de la mienne.*

À quel point ce curieux portrait (car je ne puis pas l'appeler proprement une caricature) me tourmentait, je n'entreprendrai pas de le dire. Je n'avais qu'une consolation, – c'était que l'imitation, à ce qu'il me semblait, n'était remarquée que par moi seul, et que j'avais simplement à endurer les sourires mystérieux et étrangement sarcastiques de mon homonyme. Satisfait d'avoir produit sur mon cœur l'effet voulu, il semblait s'épanouir en secret sur la piqûre qu'il m'avait infligée et se montrer singulièrement dédaigneux des applaudissements publics que le succès de son ingéniosité lui aurait si facilement conquis. Comment nos camarades ne devinaient-ils pas son dessein, n'en voyaient-ils pas la mise en œuvre, et ne partageaient-ils pas sa joie moqueuse ? ce fut pendant plusieurs mois d'inquiétude une énigme insoluble pour moi. Peut-être la lenteur graduée de son imitation la rendit-elle moins voyante, ou plutôt devais-je ma sécurité à l'air de *maîtrise* que prenait si bien le copiste, qui dédaignait la *lettre*, – tout ce que les esprits obtus peuvent saisir dans une peinture, – et ne donnait que le parfait esprit de l'original pour ma plus grande admiration et mon plus grand chagrin personnel.

J'ai déjà parlé plusieurs fois de l'air navrant de protection qu'il avait pris vis-à-vis de moi, et de sa fréquente et officieuse intervention dans mes volontés. Cette intervention prenait souvent le caractère déplaisant d'un avis ; avis qui n'était pas donné ouvertement, mais suggéré, – insinué. Je le recevais avec une répugnance qui prenait de la force à mesure que je prenais de l'âge. Cependant, à cette époque déjà lointaine, je veux lui rendre cette stricte justice de reconnaître que je ne me rappelle pas un seul cas où les suggestions de mon rival aient participé à ce caractère d'erreur et de folie, si naturel dans son âge, généralement dénué de maturité et d'expérience ; – que son sens moral, sinon ses talents et sa prudence mondaine, était beaucoup plus fin que le mien ; et que je serais aujourd'hui un homme meilleur et conséquemment plus heureux, si j'avais rejeté moins souvent les conseils inclus dans ces chuchotements significatifs qui ne m'inspiraient alors qu'une haine si cordiale et un mépris si amer.

Aussi je devins, à la longue, excessivement rebelle à son odieuse surveillance, et je détestai chaque jour plus ouvertement ce que je considérais comme une intolérable arrogance. J'ai dit que, dans les premières années de notre camaraderie, mes sentiments vis-à-vis de lui auraient facilement tourné en amitié ; mais, pendant les derniers mois de mon séjour à l'école, quoique l'importunité de ses façons habituelles fût sans doute bien diminuée, mes sentiments, dans une proportion presque semblable, avaient incliné vers la haine positive. Dans une certaine circonstance, il le vit bien, je présume, et dès lors il m'évita, ou affecta de m'éviter.

Ce fut à peu près vers la même époque, si j'ai bonne mémoire, que, dans une altercation violente que j'eus avec lui, où il avait perdu de sa réserve habituelle, et parlait et agissait avec un laisser-aller presque étranger à sa nature, je découvris ou m'imaginai découvrir dans son accent, dans son air, dans sa physionomie générale, quelque chose qui d'abord me fit tressaillir, puis m'intéressa profondément, en apportant à mon esprit des visions obscures de ma première enfance, – des souvenirs étranges, confus, pressés, d'un temps où ma mémoire n'était pas encore née. Je ne saurais mieux définir la sensation qui m'oppressait qu'en disant qu'il m'était difficile de me débarrasser de l'idée que j'avais déjà connu l'être placé devant moi, à une époque très-ancienne, – dans un passé même extrêmement reculé. Cette illusion toutefois s'évanouit aussi rapidement qu'elle était venue ; et je n'en tiens note que pour marquer le jour du dernier entretien que j'eus avec mon singulier homonyme.

La vieille et vaste maison, dans ses innombrables subdivisions, comprenait plusieurs grandes chambres qui communiquaient entre elles et servaient de dortoirs au plus grand nombre des élèves. Il y avait néanmoins (comme cela devait arriver nécessairement dans un bâtiment aussi malencontreusement dessiné) une foule de coins et de recoins, – les rognures et les bouts de la construction, – et l'ingéniosité économique du docteur Bransby les avait également transformés en dortoirs ; mais, comme ce n'étaient que de simples cabinets, ils ne pouvaient servir qu'à un seul individu. Une de ces petites chambres était occupée par Wilson.

Une nuit, vers la fin de ma cinquième année à l'école, et immédiatement après l'altercation dont j'ai parlé, profitant de ce que tout le monde était plongé dans le sommeil, je me levai de mon lit, et, une lampe à la main, je me glissai, à travers un labyrinthe d'étroits passages, de ma chambre à coucher vers celle de mon rival. J'avais longuement machiné à ses dépens une de ces méchantes charges, une de ces malices dans lesquelles j'avais si complètement échoué jusqu'alors. J'avais l'idée de mettre dès lors mon plan à exécution et je résolus de lui faire sentir toute la force de la méchanceté dont j'étais rempli. J'arrivai jusqu'à son cabinet, j'entrai sans faire de bruit, laissant ma lampe à la porte avec un abat-jour dessus. J'avançai d'un pas, et j'écoutai le bruit de sa respiration paisible. Certain qu'il était bien endormi, je retournai à la porte, je pris ma lampe, et je m'approchai de nouveau du lit. Les rideaux étaient fermés ; je les ouvris doucement et lentement pour l'exécution de mon projet ; mais une lumière vive tomba en plein sur le dormeur, et en même temps mes yeux s'arrêtèrent sur sa physionomie. Je regardai ; – et un engourdissement, une sensation de glace pénétrèrent instantanément tout mon être. Mon cœur, palpita, mes genoux vacillèrent, toute mon âme fut prise d'une horreur intolérable et inexplicable. Je respirai convulsivement, – j'abaissai la lampe encore plus près de la face. Étaient-ce, – étaient-ce bien là les traits de William Wilson ? Je voyais bien que c'étaient les siens, mais je tremblais, comme pris d'un accès de fièvre, en m'imaginant que ce n'étaient pas les siens. Qu'y avait-il donc en eux qui pût me confondre à ce point ? Je le contemplais, – et ma cervelle tournait sous l'action de mille pensées incohérentes. Il ne m'apparaissait pas *ainsi*, – non, certes, il ne m'apparaissait pas *tel*, aux heures actives où il était éveillé. Le même nom ! les mêmes traits ! entrés le même jour à l'école ! Et puis cette hargneuse et inexplicable imitation de ma démarche, de ma

voix, de mon costume et de mes manières! Était-ce, en vérité,
dans les limites du possible humain, que *ce que je voyais maintenant* fût le simple résultat de cette habitude d'imitation sarcastique? Frappé d'effroi, pris de frisson, j'éteignis ma lampe,
je sortis silencieusement de la chambre, et quittai une bonne
fois l'enceinte de cette vieille école pour n'y jamais revenir.

Après un laps de quelques mois, que je passai chez mes
parents dans la pure fainéantise, je fus placé au collège
d'Eton[1]. Ce court intervalle avait été suffisant pour affaiblir en
moi le souvenir des événements de l'école Bransby, ou au
moins pour opérer un changement notable dans la nature
des sentiments que ces souvenirs m'inspiraient. La réalité, le
côté tragique du drame, n'existait plus. Je trouvais maintenant
quelques motifs pour douter du témoignage de mes sens, et je
me rappelais rarement l'aventure sans admirer jusqu'où peut
aller la crédulité humaine, et sans sourire de la force prodigieuse d'imagination que je tenais de ma famille. Or, la vie que
je menais à Eton n'était guère de nature à diminuer cette
espèce de scepticisme. Le tourbillon de folie où je me plongeai
immédiatement et sans réflexion balaya tout, excepté l'écume
de mes heures passées, absorba d'un seul coup toute impression solide et sérieuse, et ne laissa absolument dans mon souvenir que les étourderies de mon existence précédente.

Je n'ai pas l'intention, toutefois, de tracer ici le cours de
mes misérables dérèglements, – dérèglements qui défiaient
toute loi et éludaient toute surveillance. Trois années de folies,
dépensées sans profit, n'avaient pu me donner que des habitudes de vice enracinées, et avaient accru d'une manière
presque anormale mon développement physique. Un jour,
après une semaine entière de dissipation abrutissante,
j'invitai une société d'étudiants des plus dissolus à une orgie
secrète dans ma chambre. Nous nous réunîmes à une heure
avancée de la nuit, car notre débauche devait se prolonger

1. Collège d'Angleterre très réputé.

religieusement jusqu'au matin. Le vin coulait librement, et d'autres séductions plus dangereuses peut-être n'avaient pas été négligées ; si bien que, comme l'aube pâlissait le ciel à l'orient, notre délire et nos extravagances étaient à leur apogée. Furieusement enflammé par les cartes et par l'ivresse, je m'obstinais à porter un toast étrangement indécent, quand mon attention fut soudainement distraite par une porte qu'on entrebâilla vivement et par la voix précipitée d'un domestique. Il me dit qu'une personne qui avait l'air fort pressée demandait à me parler dans le vestibule.

Singulièrement excité par le vin, cette interruption inattendue me causa plus de plaisir que de surprise. Je me précipitai en chancelant, et en quelques pas je fus dans le vestibule de la maison. Dans cette salle basse et étroite, il n'y avait aucune lampe, et elle ne recevait d'autre lumière que celle de l'aube, excessivement faible, qui se glissait à travers la fenêtre cintrée. En mettant le pied sur le seuil, je distinguai la personne d'un jeune homme, de ma taille à peu près, et vêtu d'une robe de chambre de casimir[1] blanc, coupée à la nouvelle mode, comme celle que je portais en ce moment. Cette faible lueur me permit de voir tout cela ; mais les traits de la face, je ne pus les distinguer. À peine fus-je entré qu'il se précipita vers moi, et, me saisissant par le bras avec un geste impératif d'impatience, me chuchota à l'oreille ces mots :

— William Wilson !

En une seconde, je fus dégrisé.

Il y avait dans la manière de l'étranger, dans le tremblement nerveux de son doigt qu'il tenait levé entre mes yeux et la lumière, quelque chose qui me remplit d'un complet étonnement ; mais ce n'était pas là ce qui m'avait si violemment ému. C'était l'importance, la solennité d'admonition[2] contenue dans cette parole singulière, basse, sifflante ; et, par-dessus

---

1. Tissu léger de laine croisée.
2. Avertissement sévère.

tout, le caractère, le ton, *la clef* de ces quelques syllabes, simples, familières, et toutefois mystérieusement *chuchotées*, qui vinrent, avec mille souvenirs accumulés des jours passés, s'abattre sur mon âme, comme une décharge de pile voltaïque. Avant que j'eusse pu recouvrer mes sens, il avait disparu.

Quoique cet événement eût à coup sûr produit un effet très-vif sur mon imagination déréglée, cependant cet effet, si vif, alla bientôt s'évanouissant. Pendant plusieurs semaines, à la vérité, tantôt je me livrai à l'investigation la plus sérieuse, tantôt je restai enveloppé d'un nuage de méditation morbide. Je n'essayai pas de me dissimuler l'identité du singulier individu qui s'immisçait si opiniâtrement dans mes affaires et me fatiguait de ses conseils officieux. Mais qui était, mais qu'était ce Wilson ? – Et d'où venait-il ? – Et quel était son but ? Sur aucun de ces points je ne pus me satisfaire ; – je constatai seulement, relativement à lui, qu'un accident soudain dans sa famille lui avait fait quitter l'école du docteur Bransby dans l'après-midi du jour où je m'étais enfui. Mais, après un certain temps, je cessai d'y rêver, et mon attention fut tout absorbée par un départ projeté pour Oxford[1]. Là j'en vins bientôt – la vanité prodigue de mes parents me permettant de mener un train coûteux et de me livrer à mon gré au luxe déjà si cher à mon cœur – à rivaliser en prodigalités avec les plus superbes héritiers des plus riches comtés de la Grande-Bretagne.

Encouragé au vice par de pareils moyens, ma nature éclata avec une ardeur double, et, dans le fol enivrement de mes débauches, je foulai aux pieds les vulgaires entraves de la décence. Mais il serait absurde de m'appesantir sur le détail de mes extravagances. Il suffira de dire que je dépassai Hérode[2]

---

1. Ville d'Angleterre qui abrite l'une des universités les plus renommées du monde.

2. Hérode 1er le Grand (-73/-4). Reconnu comme roi des Juifs par les Romains, ce tyran, selon l'Évangile de Mathieu, ordonna le massacre des Innocents (seize enfants en bas âge) pour que n'advînt pas le Messie. Poe se sert de ce personnage pour ne pas avoir à écrire des scènes impudiques.

en dissipations, et que, donnant un nom à une multitude de folies nouvelles, j'ajoutai un copieux appendice au long catalogue des vices qui régnaient alors dans l'université la plus dissolue de l'Europe.

Il paraîtra difficile à croire que je fusse tellement déchu du rang de gentilhomme, que je cherchasse à me familiariser avec les artifices les plus vils du joueur de profession, et, devenu un adepte de cette science méprisable, que je la pratiquasse habituellement comme moyen d'accroître mon revenu, déjà énorme, aux dépens de ceux de mes camarades dont l'esprit était le plus faible. Et cependant, tel était le fait. Et l'énormité même de cet attentat contre les sentiments de dignité et d'honneur, était évidemment la principale, sinon la seule raison de mon impunité. Qui donc, parmi mes camarades les plus dépravés, n'aurait pas contredit le plus clair témoignage de ses sens, plutôt que de soupçonner d'une pareille conduite le joyeux, le franc, le généreux William Wilson, – le plus noble et le plus libéral compagnon d'Oxford, – celui dont les folies, disaient ses parasites, n'étaient que les folies d'une jeunesse et d'une imagination sans frein, – dont les erreurs n'étaient que d'inimitables caprices, – les vices les plus noirs, une insoucieuse et superbe extravagance ?

J'avais déjà rempli deux années de cette joyeuse façon, quand arriva à l'université un jeune homme de fraîche noblesse, – un nommé Glendinning, – riche, disait la voix publique, comme Hérodès Atticus[1], et à qui sa richesse n'avait pas coûté plus de peine. Je découvris bien vite qu'il était d'une intelligence faible, et naturellement je le marquai comme une excellente victime de mes talents. Je l'engageai fréquemment à jouer, et m'appliquai, avec la ruse habituelle du joueur, à lui laisser gagner des sommes considérables, pour l'enlacer plus efficacement dans mes filets. Enfin, mon plan étant bien mûri,

---

1. Grand mécène grec (101-177). Grâce à son immense fortune, il contribua à l'ornementation de monuments d'Athènes.

je me rencontrai avec lui, – dans l'intention bien arrêtée d'en finir, – chez un de nos camarades, M. Preston, également lié avec nous deux, mais qui – je dois lui rendre cette justice – n'avait pas le moindre soupçon de mon dessein. Pour donner à tout cela une meilleure couleur, j'avais eu soin d'inviter une société de huit ou dix personnes, et je m'étais particulièrement appliqué à ce que l'introduction des cartes parût tout à fait accidentelle et n'eût lieu que sur la proposition de la dupe[1] que j'avais en vue. Pour abréger en un sujet aussi vil, je ne négligeai aucune des basses finesses, si banalement pratiquées en pareille occasion, que c'est merveille qu'il y ait toujours des gens assez sots pour en être les victimes.

Nous avions prolongé notre veillée assez avant dans la nuit, quand j'opérai enfin de manière à prendre Glendinning pour mon unique adversaire. Le jeu était mon jeu favori, l'écarté[2]. Les autres personnes de la société, intéressées par les proportions grandioses de notre jeu, avaient laissé leurs cartes et faisaient galerie autour de nous. Notre parvenu[3], que j'avais adroitement poussé dans la première partie de la soirée à boire richement, mêlait, donnait et jouait d'une manière étrangement nerveuse, dans laquelle son ivresse, pensais-je, était pour quelque chose, mais qu'elle n'expliquait pas entièrement. En très-peu de temps, il était devenu mon débiteur pour une forte somme, quand ayant avalé une longue rasade d'oporto[4], il fit juste ce que j'avais froidement prévu, – il proposa de doubler notre enjeu, déjà fort extravagant. Avec une heureuse affectation de résistance, et seulement après que mon refus réitéré l'eut entraîné à des paroles aigres qui don-

---

1. Personne de qui l'on se joue.
2. En français dans le texte. Jeu de cartes.
3. En français dans le texte.
4. Vin de liqueur d'origine portugaise, connu en français sous le nom de « porto » (Les Portugais placent des articles devant les noms propres, d'où *oporto*.)

nèrent à mon consentement l'apparence d'une pique[1], finalement je m'exécutai. Le résultat fut ce qu'il devait être : la proie s'était complètement empêtrée dans mes filets ; en moins d'une heure, il avait quadruplé sa dette. Depuis quelque temps sa physionomie avait perdu le teint fleuri que lui prêtait le vin ; mais, alors, je m'aperçus avec étonnement qu'elle était arrivée à une pâleur vraiment terrible. Je dis avec étonnement, car j'avais pris sur Glendinning de soigneuses informations ; on me l'avait représenté comme immensément riche, et les sommes qu'il avait perdues jusqu'ici, quoique réellement fortes, ne pouvaient pas – je le supposais du moins – le tracasser très-sérieusement, encore moins l'affecter d'une manière aussi violente. L'idée qui se présenta le plus naturellement à mon esprit fut qu'il était bouleversé par le vin qu'il venait de boire ; et, dans le but de sauvegarder mon caractère aux yeux de mes camarades, plutôt que par un motif de désintéressement, j'allais insister péremptoirement pour interrompre le jeu, quand quelques mots prononcés à côté de moi parmi les personnes présentes, et une exclamation de Glendinning qui témoignait du plus complet désespoir, me firent comprendre que j'avais opéré sa ruine totale, dans des conditions qui avaient fait de lui un objet de pitié pour tous, et l'auraient protégé même contre les mauvais offices d'un démon.

Quelle conduite eussé-je adoptée sans cette circonstance, il me serait difficile de le dire. La déplorable situation de ma dupe avait jeté sur tout le monde un air de gêne et de tristesse ; et il régna un silence profond de quelques minutes, pendant lequel je sentais en dépit de moi mes joues fourmiller sous les regards brûlants de mépris et de reproche que m'adressaient les moins endurcis de la société. J'avouerai même que mon cœur se trouva momentanément déchargé d'un intolérable poids d'angoisse par la soudaine et extraordinaire

---

1. En français dans le texte.

interruption qui suivit. Les lourds battants de la porte de la chambre s'ouvrirent tout grands, d'un seul coup, avec une impétuosité si vigoureuse et si violente, que toutes les bougies s'éteignirent comme par enchantement. Mais la lumière mourante me permit d'apercevoir qu'un étranger s'était introduit, – un homme de ma taille à peu près, et étroitement enveloppé d'un manteau. Cependant, les ténèbres étaient maintenant complètes, et nous pouvions seulement *sentir* qu'il se tenait au milieu de nous. Avant qu'aucun de nous fût revenu de l'excessif étonnement où nous avait tous jetés cette violence, nous entendîmes la voix de l'intrus :

— Gentlemen, – dit-il, *d'une voix très-basse*, mais distincte, d'une voix inoubliable qui pénétra la moelle de mes os, – gentlemen, je ne cherche pas à excuser ma conduite, parce qu'en me conduisant ainsi je ne fais qu'accomplir un devoir. Vous n'êtes sans doute pas au fait du vrai caractère de la personne qui a gagné cette nuit une somme énorme à l'écarté à lord Glendinning. Je vais donc vous proposer un moyen expéditif et décisif pour vous procurer ces très-importants renseignements. Examinez, je vous prie, tout à votre aise, la doublure du parement de sa manche gauche et les quelques petits paquets que l'on trouvera dans les poches passablement vastes de sa robe de chambre brodée.

Pendant qu'il parlait, le silence était si profond qu'on aurait entendu tomber une épingle sur le tapis. Quand il eut fini, il partit tout d'un coup, aussi brusquement qu'il était entré. Puis-je décrire, décrirai-je mes sensations ? Faut-il dire que je sentis toutes les horreurs du damné ? J'avais certainement peu de temps pour la réflexion. Plusieurs bras m'empoignèrent rudement, et on se procura immédiatement de la lumière. Une perquisition suivit. Dans la doublure de ma manche, on trouva toutes les figures essentielles de l'écarté, et, dans les poches de ma robe de chambre, un certain nombre de jeux de cartes exactement semblables à ceux dont nous nous servions dans nos réunions, à l'exception que les miennes étaient de celles qu'on appelle, proprement *arrondies*, les honneurs étant très-légèrement convexes sur les petits côtés et les basses cartes imperceptiblement convexes sur les grands. Grâce à cette disposition, la dupe qui coupe, comme d'habitude, dans la longueur du paquet, coupe invariablement de manière à donner un honneur à son adversaire ; tandis que le grec, en coupant dans la largeur, ne donnera jamais à sa victime rien qu'elle puisse marquer à son avantage.

Une tempête d'indignation m'aurait moins affecté que le silence méprisant et le calme sarcastique qui accueillirent cette découverte.

— Monsieur Wilson, – dit notre hôte en se baissant pour ramasser sous ses pieds un magnifique manteau doublé d'une fourrure précieuse, – monsieur Wilson, ceci est à vous. (Le temps était froid, et, en quittant ma chambre, j'avais jeté par-dessus mon vêtement du matin un manteau que j'ôtai en arrivant sur le théâtre du jeu.) Je présume, – ajouta-t-il – en regardant les plis du vêtement avec un sourire amer, – qu'il est bien superflu de chercher ici de nouvelles preuves de votre savoir-faire. Vraiment, nous en avons assez. J'espère que vous comprendrez la nécessité de quitter Oxford, – en tout cas de sortir à l'instant de chez moi.

Avili, humilié ainsi jusqu'à la boue, il est probable que j'eusse châtié ce langage insultant par une violence personnelle immédiate, si toute mon attention n'avait pas été en ce moment arrêtée par un fait de la nature la plus surprenante. Le manteau que j'avais apporté était d'une fourrure supérieure, – d'une rareté et d'un prix extravagants, il est inutile de le dire. La coupe était une coupe de fantaisie, de mon invention ; car dans ces matières frivoles j'étais difficile, et je poussais les rages du dandysme[1] jusqu'à l'absurde. Donc, quand M. Preston me tendit celui qu'il avait ramassé par terre, auprès de la porte de la chambre, ce fut avec un étonnement

---

1. Élégance recherchée dans les manières et l'habillement.

voisin de la terreur que je m'aperçus que j'avais déjà le mien sur mon bras, où je l'avais sans doute placé sans y penser, et que celui qu'il me présentait en était l'exacte contrefaçon dans tous ses plus minutieux détails. L'être singulier qui m'avait si désastreusement dévoilé était, je me le rappelais bien, enveloppé d'un manteau ; et aucun des individus présents, excepté moi, n'en avait apporté avec lui. Je conservai quelque présence d'esprit, je pris celui que m'offrait Preston ; je le plaçai sans qu'on y prît garde, sur le mien ; je sortis de la chambre avec un défi et une menace dans le regard ; et, le matin même, avant le point du jour, je m'enfuis précipitamment d'Oxford vers le continent, dans une vraie agonie d'horreur et de honte.

Je fuyais en vain. Ma destinée maudite m'a poursuivi, triomphante, et me prouvant que son mystérieux pouvoir n'avait fait jusqu'alors que de commencer. À peine eus-je mis le pied dans Paris, que j'eus une preuve nouvelle du détestable intérêt que le Wilson prenait à mes affaires. Les années s'écoulèrent, et je n'eus point de répit. Misérable ! – À Rome, avec quelle importune obséquiosité, avec quelle tendresse de spectre il s'interposa entre moi et mon ambition ! – Et à Vienne ! – et à Berlin ! – et à Moscou ! Où donc ne trouvai-je pas quelque amère raison de le maudire du fond de mon cœur ? Frappé d'une panique, je pris enfin la fuite devant son impénétrable tyrannie, comme devant une peste, et jusqu'au bout du monde j'ai fui, *j'ai fui en vain.*

Et toujours, et toujours interrogeant secrètement mon âme, je répétais mes questions : Qui est-il ? – D'où vient-il ? – Et quel est son dessein ? – Mais je ne trouvais pas de réponse. Et j'analysais alors avec un soin minutieux les formes, la méthode et les traits caractéristiques de son insolente surveillance. Mais, là encore, je ne trouvais pas grand-chose qui pût servir de base à une conjecture. C'était vraiment une chose remarquable que, dans les cas nombreux où il avait récemment traversé mon chemin, il ne l'eût jamais fait que pour dérouter des plans ou déranger des opérations qui, s'ils avaient réussi, n'auraient abouti qu'à une amère déconvenue. Pauvre justification, en vérité, que celle-là, pour une autorité si impérieusement usurpée ! Pauvre indemnité pour ces droits naturels de libre arbitre si opiniâtrement, si insolemment déniés !

J'avais aussi été forcé de remarquer que mon bourreau, depuis un fort long espace de temps, tout en exerçant scrupuleusement et avec une dextérité miraculeuse cette manie de toilette identique à la mienne, s'était toujours arrangé, à chaque fois qu'il posait son intervention dans ma volonté, de manière que je ne pusse voir les traits de sa face. Quoi que pût être ce damné Wilson, certes un pareil mystère était le comble de l'affectation et de la sottise. Pouvait-il avoir supposé un instant que dans mon donneur d'avis à Eton, – dans le destructeur de mon honneur à Oxford, – dans celui qui avait contrecarré mon ambition à Rome, ma vengeance à Paris, mon amour passionné à Naples, en Égypte ce qu'il appelait à tort ma cupidité, – que dans cet être, mon grand ennemi et mon mauvais génie, je ne reconnaîtrais pas le William Wilson de mes années de collège, – l'homonyme, le camarade, le rival, – le rival exécré et redouté de la maison Bransby ? – Impossible ! – Mais laissez-moi courir à la terrible scène finale du drame.

Jusqu'alors je m'étais soumis lâchement à son impérieuse domination. Le sentiment de profond respect avec lequel je m'étais accoutumé à considérer le caractère élevé, la sagesse majestueuse, l'omniprésence et l'omnipotence apparentes de Wilson, joint à je ne sais quelle sensation de terreur que m'inspiraient certains autres traits de sa nature et certains privilèges, avaient créé en moi l'idée de mon entière faiblesse et de mon impuissance, et m'avaient conseillé une soumission sans réserve, quoique pleine d'amertume et de répugnance, à son arbitraire dictature. Mais, depuis ces derniers temps, je m'étais entièrement abandonné au vin, et son influence exaspérante sur mon tempérament héréditaire me rendait de plus en plus impatient de tout contrôle. Je commençai à murmurer, – à hésiter, – à résister. Et fût-ce simplement mon imagination qui m'induisait à croire que l'opiniâtreté de mon bourreau diminuerait en raison de ma propre fermeté ? Il est possible ; mais, en tout cas, je commençais à sentir l'inspiration d'une espérance ardente, et je finis par nourrir dans le secret de mes pensées la sombre et désespérée résolution de m'affranchir de cet esclavage.

C'était à Rome, pendant le carnaval de 18.. ; j'étais à un bal masqué dans le palais du duc Di Broglio, de Naples. J'avais fait abus du vin encore plus que de coutume, et l'atmosphère étouffante des salons encombrés m'irritait insupportablement. La difficulté de me frayer un passage à travers la cohue ne contribua pas peu à exaspérer mon humeur ; car je cherchais avec anxiété (je ne dirai pas pour quel indigne motif) la jeune, la joyeuse, la belle épouse du vieux et extravagant Di Broglio. Avec une confiance passablement imprudente, elle m'avait confié le secret du costume qu'elle devait porter ; et, comme je venais de l'apercevoir au loin, j'avais hâte d'arriver jusqu'à elle. En ce moment, je sentis une main qui se posa doucement sur mon épaule, – et puis cet inoubliable, ce profond, ce maudit *chuchotement* dans mon oreille !

Pris d'une rage frénétique, je me tournai brusquement vers celui qui m'avait ainsi troublé et je le saisis violemment au collet. Il portait, comme je m'y attendais, un costume absolument semblable au mien : un manteau espagnol de velours bleu, et autour de la taille une ceinture cramoisie où se rattachait une rapière[1]. Un masque de soie noire recouvrait entièrement sa face.

— Misérable ! – m'écriai-je d'une voix enrouée par la rage, et chaque syllabe qui m'échappait était comme un aliment pour le feu de ma colère, – misérable ! imposteur !

---

1. Épée.

scélérat maudit! tu ne me suivras plus à la piste, – tu ne me harcèleras pas jusqu'à la mort! Suis-moi, ou je t'embroche sur place!

Et je m'ouvris un chemin de la salle de bal vers une petite antichambre attenante, le traînant irrésistiblement avec moi.

En entrant, je le jetai furieusement loin de moi. Il alla chanceler contre le mur; je fermai la porte en jurant, et lui ordonnai de dégainer. Il hésita une seconde; puis, avec un léger soupir, il tira silencieusement son épée et se mit en garde.

Le combat ne fut certes pas long. J'étais exaspéré par les plus ardentes excitations de tout genre, et je me sentais dans un seul bras l'énergie et la puissance d'une multitude. En quelques secondes, je l'acculai par la force du poignet contre la boiserie, et, là, le tenant à ma discrétion, je lui plongeai, à plusieurs reprises et coup sur coup, mon épée dans la poitrine avec une férocité de brute.

En ce moment, quelqu'un toucha à la serrure de la porte. Je me hâtai de prévenir une invasion importune, et je retournai immédiatement vers mon adversaire mourant. Mais quelle langue humaine peut rendre suffisamment cet étonnement, cette horreur qui s'emparèrent de moi au spectacle que virent alors mes yeux. Le court instant pendant lequel je m'étais détourné avait suffi pour produire, en apparence, un changement matériel dans les dispositions locales à l'autre bout de la chambre. Une vaste glace – dans mon trouble, cela m'apparut d'abord ainsi – se dressait là où je n'en avais pas vu trace auparavant; et, comme je marchais frappé de terreur vers ce miroir, ma propre image, mais avec une face pâle et barbouillée de sang, s'avança à ma rencontre d'un pas faible et vacillant.

C'est ainsi que la chose m'apparut, dis-je, mais telle elle n'était pas. C'était mon adversaire, – c'était Wilson qui se tenait devant moi dans son agonie. Son masque et son manteau gisaient sur le parquet, là où il les avait jetés. Pas un fil dans son vêtement, – pas une ligne dans toute sa figure si caractérisée et si singulière, – qui ne fût *mien*, – qui ne fût *mienne*; – c'était l'absolu dans l'identité!

C'était Wilson, mais Wilson ne chuchotant plus ses paroles maintenant! si bien que j'aurais pu croire que c'était moi-même qui parlais quand il me dit:

— *Tu as vaincu, et je succombe. Mais dorénavant tu es mort aussi, – mort au Monde, au Ciel et à l'Espérance! En moi tu existais, – et vois dans ma mort, vois par cette image qui est la tienne, comme tu t'es radicalement assassiné toi-même!*

LA BARRIQUE D'AMONTILLADO[1]

---

1. Ce texte se trouve dans les *Nouvelles histoires extraordinaires*. L'amontillado est un vin blanc très fort de la ville de Montilla, en Espagne.

J'avais supporté du mieux que j'avais pu les mille injustices de Fortunato ; mais, quand il en vint à l'insulte, je jurai de me venger. Vous cependant, qui connaissez bien la nature de mon âme, vous ne supposerez pas que j'aie articulé une seule menace. À la longue, je devais être vengé ; c'était un point définitivement arrêté ; – mais la perfection même de ma résolution excluait toute idée de péril. Je devais nonseulement punir, mais punir impunément. Une injure n'est pas redressée quand le châtiment atteint le redresseur ; elle n'est pas non plus redressée quand le vengeur n'a soin de se faire connaître à celui qui a commis l'injure.

Il faut qu'on sache que je n'avais donné à Fortunato aucune raison de douter de ma bienveillance, ni par mes paroles, ni par mes actions. Je continuai, selon mon habitude, à lui sourire en face, et il ne devinait pas que mon sourire désormais ne traduisait que la pensée de son immolation.

Il avait un côté faible – ce Fortunato, – bien qu'il fût à tous égards un homme à respecter, et même à craindre. Il se faisait gloire d'être connaisseur en vins. Peu d'Italiens ont le véritable esprit de connaisseur ; leur enthousiasme est la plupart du temps emprunté, accommodé au temps et à l'occasion ; c'est un charlatanisme pour agir sur les millionnaires anglais et autrichiens. En fait de peintures et de pierres précieuses, Fortunato, comme ses compatriotes, était un charlatan ; mais, en matière de vieux vins, il était sincère. À cet égard, je ne différais pas essentiellement de lui ; j'étais moimême très-entendu[1] dans les crus italiens, et j'en achetais considérablement toutes les fois que je le pouvais.

Un soir, à la brune, au fort de la folie du carnaval, je rencontrai mon ami. Il m'accosta avec une très-chaude cordialité, car il avait beaucoup bu. Mon homme était déguisé. Il portait un vêtement collant et mi-parti, et sa tête était sur-

---

1. Jusqu'en 1835, l'Académie française faisait suivre « très » d'un trait d'union, qu'elle a supprimé en 1878.

montée d'un bonnet conique avec des sonnettes. J'étais si heureux de le voir, que je crus que je ne finirais jamais de lui pétrir la main. Je lui dis :

— Mon cher Fortunato, je vous rencontre à propos. Quelle excellente mine vous avez aujourd'hui ! – Mais j'ai reçu une pipe[1] d'amontillado, ou du moins d'un vin qu'on me donne pour tel, et j'ai des doutes.

— Comment, – dit-il –, de l'amontillado ? Une pipe ? Pas possible ! – Et au milieu du carnaval !

— J'ai des doutes, – répliquai-je –, et j'ai été assez bête pour payer le prix total de l'amontillado sans vous consulter. On n'a pas pu vous trouver, et je tremblais de manquer une occasion.

— De l'amontillado !

— J'ai des doutes.

— De l'amontillado !

— Et je veux les tirer au clair.

— De l'amontillado !

— Puisque vous êtes invité quelque part, je vais chercher Luchesi. Si quelqu'un a le sens critique, c'est lui. Il me dira…

— Luchesi est incapable de distinguer l'amontillado du xérès[2].

— Et cependant, il y a des imbéciles qui tiennent que son goût est égal au vôtre.

— Venez, allons !

— Où ?

— À vos caves.

---

1. Ancienne mesure de capacité ; tonneau pour les vins et les alcools.
2. Vin blanc de la région de Jerez, en Espagne.

— Mon ami, non ; je ne veux pas abuser de votre bonté. Je vois que vous êtes invité. Luchesi…

— Je ne suis pas invité ; – partons !

— Mon ami, non. Ce n'est pas la question de l'invitation, mais c'est le cruel froid dont je m'aperçois que vous souffrez. Les caves sont insupportablement humides ; elles sont tapissées de nitre[1].

— N'importe, allons ! Le froid n'est absolument rien. De l'amontillado ! On vous en a imposé. – Et, quant à Luchesi, il est incapable de distinguer le xérès de l'amontillado.

En parlant ainsi, Fortunato s'empara de mon bras. Je mis un masque de soie noire, et, m'enveloppant soigneusement d'un manteau, je me laissai traîner par lui jusqu'à mon palais.

Il n'y avait pas de domestiques à la maison ; ils s'étaient cachés pour faire ripaille en l'honneur de la saison. Je leur avais dit que je ne rentrerais pas avant le matin, et je leur avais donné l'ordre formel de ne pas bouger de la maison. Cet ordre suffisait, je le savais bien, pour qu'ils décampassent en toute hâte, tous, jusqu'au dernier, aussitôt que j'aurais tourné le dos.

Je pris deux flambeaux à la glace, j'en donnai un à Fortunato, et je le dirigeai complaisamment, à travers une enfilade de pièces, jusqu'au vestibule qui conduisait aux caves. Je descendis devant lui un long et tortueux escalier, me retournant et lui recommandant de prendre bien garde. Nous atteignîmes enfin les derniers degrés, et nous nous trouvâmes ensemble sur le sol humide des catacombes des Montrésors.

La démarche de mon ami était chancelante, et les clochettes de son bonnet cliquetaient à chacune de ses enjambées.

---

1. Mélange de nitrates divers qui attaque les vieux murs (salpêtre).

— La pipe d'amontillado ? – dit-il.

— C'est plus loin, – dis-je –; mais observez cette broderie blanche qui étincelle sur les murs de ce caveau.

Il se retourna vers moi et me regarda dans les yeux avec deux globes vitreux qui distillaient les larmes de l'ivresse.

— Le nitre ? – demanda-t-il à la fin.

— Le nitre, – répliquai-je. – Depuis combien de temps avez-vous attrapé cette toux ?

— Euh ! euh ! euh ! – euh ! euh ! euh ! – euh ! euh ! euh ! – euh !!!

Il fut impossible à mon pauvre ami de répondre avant quelques minutes.

— Ce n'est rien, – dit-il enfin.

— Venez, – dis-je avec fermeté –, allons-nous-en; votre santé est précieuse. Vous êtes riche, respecté, admiré, aimé; vous êtes heureux, comme je le fus autrefois; vous êtes un homme qui laisserait un vide. Pour moi, ce n'est pas la même chose. Allons-nous-en; vous vous rendrez malade. D'ailleurs, il y a Luchesi…

— Assez, – dit-il –, la toux, ce n'est rien. Cela ne me tuera pas. Je ne mourrai pas d'un rhume.

— C'est vrai, – c'est vrai, – répliquai-je –, et, en vérité, je n'avais pas l'intention de vous alarmer inutilement; – mais vous devriez prendre des précautions. Un coup de ce médoc[1] vous défendra contre l'humidité.

Ici, j'enlevai une bouteille à une longue rangée de ses compagnes qui étaient couchées par terre, et je fis sauter le goulot.

---

1. Vin rouge de la région de Médoc, en France.

— Buvez, – dis-je, en lui présentant le vin.

Il porta la bouteille à ses lèvres, en me regardant du coin de l'œil. Il fit une pause, me salua familièrement (les grelots sonnèrent), et dit :

— Je bois aux défunts qui reposent autour de nous !

— Et moi, à votre longue vie !

Il reprit mon bras, et nous nous remîmes en route.

— Ces caveaux, – dit-il –, sont très-vastes.

— Les Montrésors[1], – répliquai-je –, étaient une grande et nombreuse famille.

— J'ai oublié vos armes[2].

— Un grand pied d'or sur champ d'azur ; le pied écrase un serpent rampant dont les dents s'enfoncent dans le talon.

— Et la devise ?

— *Nemo me impune lacessit*[3].

— Fort beau ! – dit-il.

Le vin étincelait dans ses yeux, et les sonnettes tintaient. Le médoc m'avait aussi échauffé les idées. Nous étions arrivés, à travers des murailles d'ossements empilés, entremêlés de barriques et de pièces de vin, aux dernières profondeurs des catacombes. Je m'arrêtai de nouveau, et, cette fois, je pris la liberté de saisir Fortunato par un bras, au-dessus du coude.

— Le nitre ! – dis-je – ; voyez, cela augmente. Il pend comme de la mousse le long des voûtes. Nous sommes sous le lit de la rivière. Les gouttes d'humidité filtrent à travers les

---

1. Nom de la famille à laquelle appartient le héros bourreau.
2. Chaque famille de l'aristocratie avait un emblème (blason) qui portait ses armes (armoiries) et sa devise.
3. Expression latine signifiant « Personne ne peut me provoquer sans danger ».

ossements. Venez, partons, avant qu'il soit trop tard. Votre toux…

— Ce n'est rien, – dit-il –, continuons. Mais, d'abord, encore un coup de ce médoc.

Je cassai un flacon de vin de Graves[1], et je le lui tendis. Il le vida d'un trait. Ses yeux brillèrent d'un feu ardent. Il se mit à rire, et jeta la bouteille en l'air avec un geste que je ne pus pas comprendre.

Je le regardai avec surprise. Il répéta le mouvement, un mouvement grotesque.

— Vous ne comprenez pas ? – dit-il.

— Non, – répliquai-je.

— Alors, – vous n'êtes pas de la loge[2] ?

— Comment ?

— Vous n'êtes pas maçon ?

— Si ! si ! – dis-je –, si ! si !

— Vous ? impossible ! vous maçon ?

— Oui, maçon, – répondis-je.

— Un signe ! – dit-il.

— Voici, – répliquai-je en tirant une truelle de dessous les plis de mon manteau.

— Vous voulez rire, – s'écria-t-il –, en reculant de quelques pas. Mais allons à l'amontillado.

— Soit, – dis-je en replaçant l'outil sous ma roquelaure[3] et lui offrant de nouveau mon bras.

---

1. Vin de la région de la Gironde, en France.
2. Loge maçonnique : association secrète dont les membres se consacrent au mieux-être de l'individu et de la société.
3. Manteau descendant jusqu'aux genoux.

Il s'appuya lourdement dessus. Nous continuâmes notre route à la recherche de l'amontillado. Nous passâmes sous une rangée d'arceaux fort bas ; nous descendîmes, nous fîmes quelques pas, et, descendant encore, nous arrivâmes à une crypte profonde, où l'impureté de l'air faisait rougir plutôt que briller nos flambeaux.

Tout au fond de cette crypte, on en découvrait une autre moins spacieuse. Ses murs avaient été revêtus avec les débris humains empilés dans les caves au-dessus de nous, à la manière des grandes catacombes de Paris. Trois côtés de cette seconde crypte étaient encore décorés de cette façon. Du quatrième, les os avaient été arrachés et gisaient confusément sur le sol, formant en un point un rempart d'une certaine hauteur. Dans le mur, ainsi mis à nu par le déplacement des os, nous apercevions encore une autre niche, profonde de quatre pieds environ, large de trois, haute de six ou sept. Elle ne semblait pas avoir été construite pour un usage spécial, mais formait simplement l'intervalle entre deux des piliers énormes qui supportaient la voûte des catacombes, et s'appuyait à l'un des murs de granit massif qui délimitaient l'ensemble.

Ce fut en vain que Fortunato, élevant sa torche malade, s'efforça de scruter la profondeur de la niche. La lumière affaiblie ne nous permettait pas d'en apercevoir l'extrémité.

— Avancez, – dis-je, c'est là qu'est l'amontillado. Quant à Luchesi…

— C'est un être ignare ! – interrompit mon ami, prenant les devants et marchant tout de travers, pendant que je suivais sur ses talons.

En un instant, il avait atteint l'extrémité de la niche, et, trouvant sa marche arrêtée par le roc, il s'arrêta stupidement ébahi. Un moment après, je l'avais enchaîné au granit. Sur la paroi il y avait deux crampons de fer, à la distance d'environ deux pieds l'un de l'autre dans le sens horizontal. À l'un des deux était suspendue une courte chaîne, à l'autre un cadenas. Ayant jeté la chaîne autour de sa taille, l'assujettir fut une besogne de quelques secondes. Il était trop étonné pour résister. Je retirai la clef, et reculai de quelques pas hors de la niche.

— Passez votre main sur le mur, – dis-je ; – vous ne pouvez pas ne pas sentir le nitre. Vraiment, il est très-humide. Laissez-moi vous *supplier* une fois encore de vous en aller. – Non ? – Alors, il faut positivement que je vous quitte. Mais je vous rendrai d'abord tous les petits soins qui sont en mon pouvoir.

— L'amontillado ! – s'écria mon ami, qui n'était pas encore revenu de son étonnement.

— C'est vrai, – répliquai-je, – l'amontillado.

Tout en prononçant ces mots, j'attaquais la pile d'ossements dont j'ai déjà parlé. Je les jetai de côté, et je découvris bientôt une bonne quantité de moellons et de mortier. Avec ces matériaux, et à l'aide de ma truelle, je commençai activement à murer l'entrée de la niche.

J'avais à peine établi la première assise de ma maçonnerie, que je découvris que l'ivresse de Fortunato était en grande partie dissipée. Le premier indice que j'en eus fut un cri sourd, un gémissement, qui sortit du fond de la niche. *Ce n'était pas le cri d'un homme ivre !* Puis il y eut un long et obstiné silence. Je posai la seconde rangée, puis la troisième, puis la quatrième ; et alors j'entendis les furieuses vibrations de la chaîne. Le bruit dura quelques minutes, pendant lesquelles, pour m'en délecter plus à l'aise, j'interrompis ma besogne et m'accroupis sur les ossements. À la fin, quand le tapage s'apaisa, je repris ma truelle et j'achevai sans interruption la cinquième, la sixième et la septième rangée. Le mur était alors presque à la hauteur de ma poitrine. Je fis une nouvelle pause, et, élevant les flambeaux au-dessus de la maçonnerie, je jetai quelques faibles rayons sur le personnage inclus.

Une suite de grands cris, de cris aigus, fit soudainement explosion du gosier de la figure enchaînée, et me rejeta pour ainsi dire violemment en arrière. Pendant un instant, j'hésitai, – je tremblai. Je tirai mon épée, et je commençai à fourrager à travers la niche; mais un instant de réflexion suffit à me tranquilliser. Je posai la main sur la maçonnerie massive du caveau, et je fus tout à fait rassuré. Je me rapprochai du mur. Je répondis aux hurlements de mon homme. Je leur fis écho et accompagnement, – je les surpassai en volume et en force. Voilà comme je fis, et le braillard se tint tranquille.

Il était alors minuit, et ma tâche tirait à sa fin. J'avais complété ma huitième, ma neuvième et ma dixième rangée. J'avais achevé une partie de la onzième et dernière; il ne restait plus qu'une seule pierre à ajuster et à plâtrer. Je la remuai avec effort; je la plaçai à peu près dans la position voulue. Mais alors s'échappa de la niche un rire étouffé qui me fit dresser les cheveux sur la tête. À ce rire succéda une voix triste que je reconnus difficilement pour celle du noble Fortunato. La voix disait:

— Ha! ha! ha! – Hé! hé! – Une très-bonne plaisanterie, en vérité! – une excellente farce! Nous en rirons de bon cœur au palais, – hé! hé! – de notre bon vin! – hé! hé! hé!

— De l'amontillado? – dis-je.

— Hé! hé! – hé! hé! – oui, de l'amontillado. Mais ne se fait-il pas tard? Ne nous attendront-ils pas au palais, la signora Fortunato et les autres? Allons-nous-en.

— Oui, – dis-je –, allons-nous-en.

— *Pour l'amour de Dieu, Montrésor!*

— Oui, – dis-je –, pour l'amour de Dieu!

Mais à ces mots point de réponse; je tendis l'oreille en vain. Je m'impatientai. J'appelai très-haut:

— Fortunato!

Pas de réponse. J'appelai de nouveau :

— Fortunato !

Rien. – J'introduisis une torche à travers l'ouverture qui restait et la laissai tomber en dedans. Je ne reçus en manière de réplique qu'un cliquetis de sonnettes. Je me sentis mal au cœur, – sans doute par suite de l'humidité des catacombes. Je me hâtai de mettre fin à ma besogne. Je fis un effort, et j'ajustai la dernière pierre ; je la recouvris de mortier. Contre la nouvelle maçonnerie je rétablis l'ancien rempart d'ossements. Depuis un demi-siècle aucun mortel ne les a dérangés. *In pace requiescat*[1] !

---

1. Expression latine signifiant « Qu'il repose en paix (R.I.P.) ».

LE CHAT NOIR[1]

---

1. Ce texte se trouve dans les *Nouvelles histoires extraordinaires*.

Relativement à la très-étrange[1] et pourtant très-familière histoire que je vais coucher par écrit, je n'attends ni ne sollicite la créance. Vraiment, je serais fou de m'y attendre, dans un cas où mes sens eux-mêmes rejettent leur propre témoignage. Cependant, je ne suis pas fou, – et très-certainement je ne rêve pas. Mais demain je meurs, et aujourd'hui je voudrais décharger mon âme. Mon dessein immédiat est de placer devant le monde, clairement, succinctement et sans commentaires, une série de simples événements domestiques. Dans leurs conséquences, ces événements m'ont terrifié, – m'ont torturé, – m'ont anéanti. – Cependant, je n'essayerai pas de les élucider. Pour moi, ils ne m'ont guère présenté que de l'horreur ; – à beaucoup de personnes ils paraîtront moins terribles que *baroques*[2]. Plus tard peut-être il se trouvera une intelligence qui réduira mon fantôme à l'état de lieu commun, – quelque intelligence plus calme, plus logique, et beaucoup moins excitable que la mienne, qui ne trouvera dans les circonstances que je raconte avec terreur qu'une succession ordinaire de causes et d'effets très-naturels.

Dès mon enfance, j'étais noté pour la docilité et l'humanité de mon caractère. Ma tendresse de cœur était même si remarquable qu'elle avait fait de moi le jouet de mes camarades. J'étais particulièrement fou des animaux, et mes parents m'avaient permis de posséder une grande variété de favoris. Je passais presque tout mon temps avec eux, et je n'étais jamais si heureux que quand je les nourrissais et les caressais. Cette particularité de mon caractère s'accrut avec ma croissance, et, quand je devins homme, j'en fis une de mes principales sources de plaisir. Pour ceux qui ont voué une affection à un chien fidèle et sagace, je n'ai pas besoin d'expliquer la nature ou l'intensité des jouissances qu'on peut en tirer. Il y a dans l'amour désintéressé d'une bête, dans ce

---

1. Jusqu'en 1835, l'Académie française faisait suivre « très » d'un trait d'union, qu'elle a supprimé en 1878.
2. En français dans le texte.

sacrifice d'elle-même, quelque chose qui va directement au cœur de celui qui a eu fréquemment l'occasion de vérifier la chétive amitié et la fidélité de gaze[1] de l'homme *naturel*.

Je me mariai de bonne heure, et je fus heureux de trouver dans ma femme une disposition sympathique à la mienne. Observant mon goût pour ces favoris domestiques, elle ne perdit aucune occasion de me procurer ceux de l'espèce la plus agréable. Nous eûmes des oiseaux, un poisson doré, un beau chien, des lapins, un petit singe et *un chat*[2].

Ce dernier était un animal remarquablement fort et beau, entièrement noir, et d'une sagacité merveilleuse. En parlant de son intelligence, ma femme, qui au fond n'était pas peu pénétrée de superstition, faisait de fréquentes allusions à l'ancienne croyance populaire qui regardait tous les chats noirs comme des sorcières déguisées. Ce n'est pas qu'elle fût toujours *sérieuse* sur ce point, – et, si je mentionne la chose, c'est simplement parce que cela me revient, en ce moment même, à la mémoire.

Pluton, – c'était le nom du chat, – était mon préféré, mon camarade. Moi seul, je le nourrissais, et il me suivait dans la maison partout où j'allais. Ce n'était même pas sans peine que je parvenais à l'empêcher de me suivre dans les rues.

Notre amitié subsista ainsi plusieurs années, durant lesquelles l'ensemble de mon caractère et de mon tempérament, – par l'opération du démon Intempérance[3], je rougis de le confesser, – subit une altération radicalement mauvaise. Je devins de jour en jour plus morne, plus irritable, plus insoucieux des sentiments des autres. Je me permis d'employer un langage brutal à l'égard de ma femme. À la longue,

---

1. Au sens figuré, ce qui voile légèrement.

2. On sait que le traducteur Charles Baudelaire avait une prédilection pour les chats et qu'il rédigea même trois poèmes sur ces animaux.

3. Ici, abus d'alcool, ivrognerie.

je lui infligeai même des violences personnelles. Mes pauvres favoris, naturellement, durent ressentir le changement de mon caractère. Non seulement je les négligeais, mais je les maltraitais. Quant à Pluton, toutefois, j'avais encore pour lui une considération suffisante qui m'empêchait de le malmener, tandis que je n'éprouvais aucun scrupule à maltraiter les lapins, le singe et même le chien, quand, par hasard ou par amitié, ils se jetaient dans mon chemin. Mais mon mal m'envahissait de plus en plus, – car quel mal est comparable à l'alcool ? – et à la longue Pluton lui-même, qui maintenant se faisait vieux et qui naturellement devenait quelque peu maussade, – Pluton lui-même commença à connaître les effets de mon méchant caractère.

Une nuit, comme je rentrais au logis très-ivre, au sortir d'un de mes repaires habituels des faubourgs, je m'imaginai que le chat évitait ma présence. Je le saisis ; – mais lui, effrayé de ma violence, il me fit à la main une légère blessure avec les dents. Une fureur de démon s'empara soudainement de moi. Je ne me connus plus, mon âme originelle sembla tout d'un coup s'envoler de mon corps, et une méchanceté hyperdiabolique, saturée de gin, pénétra chaque fibre de mon être. Je tirai de la poche de mon gilet un canif, je l'ouvris ; je saisis la pauvre bête par la gorge, et, délibérément, je fis sauter un de ses yeux de son orbite ! Je rougis, je brûle, je frissonne en écrivant cette damnable atrocité !

Quand la raison me revint avec le matin, – quand j'eus cuvé les vapeurs de ma débauche nocturne, – j'éprouvai un sentiment moitié d'horreur, moitié de remords, pour le crime dont je m'étais rendu coupable ; mais c'était tout au plus un faible et équivoque sentiment, et l'âme n'en subit pas les atteintes. Je me replongeai dans les excès, et bientôt je noyai dans le vin tout le souvenir de mon action.

Cependant, le chat guérit lentement. L'orbite de l'œil perdu présentait, il est vrai, un aspect effrayant ; mais il n'en parut plus souffrir désormais. Il allait et venait dans la maison selon son habitude; mais, comme je devais m'y attendre, il fuyait avec une extrême terreur à mon approche. Il me restait assez de mon ancien cœur pour me sentir d'abord affligé de cette évidente antipathie de la part d'une créature qui jadis m'avait tant aimé. Mais ce sentiment fit bientôt place à l'irritation. Et alors apparut, comme pour ma chute finale et irrévocable, l'esprit de PERVERSITÉ. De cet esprit la philosophie ne tient aucun compte. Cependant, aussi sûr que mon âme existe, je crois que la perversité est une des primitives impulsions du cœur humain, – une des indivisibles premières facultés, ou sentiments, qui donnent la direction au caractère de l'homme. Qui ne s'est pas surpris cent fois commettant une action sotte ou vile, par la seule raison qu'il savait devoir *ne pas* la commettre? N'avons-nous pas une perpétuelle inclination, malgré l'excellence de notre jugement, à violer ce qui est *la Loi*, simplement parce que nous comprenons que c'est *la Loi*? Cet esprit de perversité, dis-je, vint causer ma déroute finale. C'est ce désir ardent, insondable de l'âme de *se torturer elle-même*, – de violenter sa propre nature, – de faire le mal pour l'amour du mal seul, – qui me poussait à continuer, et finalement à consommer le supplice que j'avais infligé à la bête inoffensive. Un matin, de sang-froid, je glissai un nœud coulant autour de son cou, et je le pendis à la branche d'un arbre; – je le pendis avec des larmes plein mes yeux, – avec le plus amer remords dans le cœur; – je le pendis, *parce que* je savais qu'il m'avait aimé, et *parce que* je sentais qu'il ne m'avait donné aucun sujet de colère: – je le pendis, *parce que* je savais qu'en faisant ainsi je commettais un péché, – un péché mortel qui compromettait mon âme immortelle, au point de la placer, – si une telle chose était possible, – même au-delà de la miséricorde infinie du Dieu Très-Miséricordieux et Très-Terrible.

Dans la nuit qui suivit le jour où fut commise cette action cruelle, je fus tiré de mon sommeil par le cri « Au feu! » Les rideaux de mon lit étaient en flammes. Toute la maison flambait. Ce ne fut pas sans une grande difficulté que nous échappâmes à l'incendie, – ma femme, un domestique, et moi. La destruction fut complète. Toute ma fortune fut engloutie, et je m'abandonnai dès lors au désespoir.

Je ne cherche pas à établir une liaison de cause à effet entre l'atrocité et le désastre, je suis au-dessus de cette faiblesse. Mais je rends compte d'une chaîne de faits, – et je ne veux pas négliger un seul anneau. Le jour qui suivit l'incendie, je visitai les ruines. Les murailles étaient tombées, une seule exceptée ; et cette seule exception se trouva être une cloison intérieure, peu épaisse, située à peu près au milieu de la maison, et contre laquelle s'appuyait le chevet de mon lit. La maçonnerie avait ici, en grande partie, résisté à l'action du feu, – fait que j'attribuai à ce qu'elle avait été récemment remise à neuf. Autour de ce mur, une foule épaisse était rassemblée, et plusieurs personnes paraissaient en examiner une portion particulière avec une minutieuse et vive attention. Les mots : Étrange ! singulier ! et autres expressions analogues, excitèrent ma curiosité. Je m'approchai, et je vis, semblable à un bas-relief sculpté sur la surface blanche, la figure d'un gigantesque *chat*. L'image était rendue avec une exactitude vraiment merveilleuse. Il y avait une corde autour du cou de l'animal.

Tout d'abord, en voyant cette apparition, – car je ne pouvais guère considérer cela que comme une apparition, – mon étonnement et ma terreur furent extrêmes. Mais, enfin, la réflexion vint à mon aide. Le chat, je m'en souvenais, avait été pendu dans un jardin adjacent à la maison. Aux cris d'alarme, ce jardin avait été immédiatement envahi par la foule, et l'animal avait dû être détaché de l'arbre par quelqu'un, et jeté dans ma chambre à travers une fenêtre ouverte. Cela avait été fait, sans doute, dans le but de m'arracher au sommeil. La chute des autres murailles avait comprimé la victime de ma cruauté dans la substance du plâtre fraîchement étendu ; la chaux de ce mur, combinée avec les flammes et l'ammoniaque du cadavre, avait ainsi opéré l'image telle que je la voyais.

Quoique je satisfisse ainsi lestement ma raison, sinon tout à fait ma conscience, relativement au fait surprenant que je viens de raconter, il n'en fit pas moins sur mon imagination une impression profonde. Pendant plusieurs mois je ne pus me débarrasser du fantôme du chat; et durant cette période un demi-sentiment revint dans mon âme, qui paraissait être, mais qui n'était pas le remords. J'allai jusqu'à déplorer la perte de l'animal, et à chercher autour de moi, dans les bouges méprisables que maintenant je fréquentais habituellement, un autre favori de la même espèce et d'une figure à peu près semblable pour le suppléer.

Une nuit, comme j'étais assis à moitié stupéfié, dans un repaire plus qu'infâme, mon attention fut soudainement attirée vers un objet noir, reposant sur le haut d'un des immenses tonneaux de gin ou de rhum qui composaient le principal ameublement de la salle. Depuis quelques minutes je regardais fixement le haut de ce tonneau, et ce qui me surprenait maintenant, c'était de n'avoir pas encore aperçu l'objet situé dessus. Je m'en approchai, et je le touchai avec ma main. C'était un chat noir, – un très-gros chat, – au moins aussi gros que Pluton, lui ressemblant absolument, excepté en un point. Pluton n'avait pas un poil blanc sur tout le corps; celui-ci portait une éclaboussure large et blanche, mais d'une forme indécise, qui couvrait presque toute la région de la poitrine.

À peine l'eus-je touché qu'il se leva subitement, ronronna fortement, se frotta contre ma main, et parut enchanté de mon attention. C'était donc là la vraie créature dont j'étais en quête. J'offris tout de suite au propriétaire de le lui acheter; mais cet homme ne le revendiqua pas, – ne le connaissait pas –, ne l'avait jamais vu auparavant.

Je continuai mes caresses, et, quand je me préparai à retourner chez moi, l'animal se montra disposé à m'accompagner. Je lui permis de le faire, me baissant de temps à autre, et le caressant en marchant. Quand il fut arrivé à la maison, il s'y trouva comme chez lui, et devint tout de suite le grand ami de ma femme.

Pour ma part, je sentis bientôt s'élever en moi une antipathie contre lui. C'était justement le contraire de ce que j'avais espéré ; mais – je ne sais ni comment ni pourquoi cela eut lieu – son évidente tendresse pour moi me dégoûtait presque et me fatiguait. Par de lents degrés, ces sentiments de dégoût et d'ennui s'élevèrent jusqu'à l'amertume de la haine. J'évitais la créature ; une certaine sensation de honte et le souvenir de mon premier acte de cruauté m'empêchèrent de la maltraiter. Pendant quelques semaines, je m'abstins de battre le chat ou de le malmener violemment ; mais graduellement, – insensiblement, – j'en vins à le considérer avec une indicible horreur, et à fuir silencieusement son odieuse présence, comme le souffle d'une peste.

Ce qui ajouta sans doute à ma haine contre l'animal fut la découverte que je fis le matin, après l'avoir amené à la maison, que, comme Pluton, lui aussi avait été privé d'un de ses yeux. Cette circonstance, toutefois, ne fit que le rendre plus cher à ma femme, qui, comme je l'ai déjà dit, possédait à un haut degré cette tendresse de sentiment qui jadis avait été mon trait caractéristique et la source fréquente de mes plaisirs les plus simples et les plus purs.

Néanmoins, l'affection du chat pour moi paraissait s'accroître en raison de mon aversion contre lui. Il suivait mes pas avec une opiniâtreté qu'il serait difficile de faire comprendre au lecteur. Chaque fois que je m'asseyais, il se blottissait sous ma chaise, ou il sautait sur mes genoux, me couvrant de ses affreuses caresses. Si je me levais pour marcher, il se fourrait dans mes jambes, et me jetait presque par terre, ou bien, enfonçant ses griffes longues et aiguës dans mes habits, grimpait de cette manière jusqu'à ma poitrine. Dans ces moments-là, quoique je désirasse le tuer d'un bon coup, j'en étais empêché, en partie par le souvenir de mon premier crime, mais principalement – je dois le confesser tout de suite – par une véritable *terreur* de la bête.

Cette terreur n'était pas positivement la terreur d'un mal physique, – et cependant je serais fort en peine de la définir autrement. Je suis presque honteux d'avouer, – oui, même dans cette cellule de malfaiteur, je suis presque honteux d'avouer que la terreur et l'horreur que m'inspirait l'animal avaient été accrues par une des plus parfaites chimères qu'il fût possible de concevoir. Ma femme avait appelé mon attention plus d'une fois sur le caractère de la tache blanche dont j'ai parlé, et qui constituait l'unique différence visible entre l'étrange bête et celle que j'avais tuée. Le lecteur se rappellera sans doute que cette marque, quoique grande, était primitivement indéfinie dans sa forme; mais, lentement, par degrés, – par des degrés imperceptibles, et que ma raison s'efforça longtemps de considérer comme imaginaires, – elle avait à la longue pris une rigoureuse netteté de contours. Elle était maintenant l'image d'un objet que je frémis de nommer, – et c'était là surtout ce qui me faisait prendre le monstre en horreur et en dégoût, et m'aurait poussé à m'en délivrer, *si je l'avais osé*; – *c'était* maintenant, dis-je, l'image d'une hideuse, – d'une sinistre chose, – l'image du GIBET[1]! – oh! lugubre et terrible machine! machine d'Horreur et de Crime, – d'Agonie et de Mort!

Et, maintenant, j'étais en vérité misérable au-delà de la misère possible de l'Humanité. Une bête brute, – dont j'avais avec mépris détruit le frère, – *une bête brute* engendrée pour moi, – pour moi, homme façonné à l'image du Dieu Très-Haut, – une si grande et si intolérable infortune! Hélas! je ne connaissais plus la béatitude du repos, ni le jour ni la nuit! Durant le jour, la créature ne me laissait pas seul un moment; et, pendant la nuit, à chaque instant, quand je sortais de mes rêves pleins d'une intraduisible angoisse, c'était pour sentir la

---

1. Instrument qui sert à la pendaison (potence).

tiède haleine de la *chose* sur mon visage, et son immense poids, – incarnation d'un cauchemar que j'étais impuissant à secouer, – éternellement posé sur mon *cœur* !

Sous la pression de pareils tourments, le peu de bon qui restait en moi succomba. De mauvaises pensées devinrent mes seules intimes, – les plus sombres et les plus mauvaises de toutes les pensées. La tristesse de mon humeur habituelle s'accrut jusqu'à la haine de toutes choses et de toute humanité ; cependant, ma femme, qui ne se plaignait jamais, hélas ! était mon souffre-douleur ordinaire, la plus patiente victime des soudaines, fréquentes et indomptables éruptions d'une furie à laquelle je m'abandonnai dès lors aveuglément.

Un jour, elle m'accompagna pour quelque besogne domestique dans la cave du vieux bâtiment où notre pauvreté nous contraignait d'habiter. Le chat me suivit sur les marches roides[1] de l'escalier, et, m'ayant presque culbuté la tête la première, m'exaspéra jusqu'à la folie. Levant une hache, et oubliant dans ma rage la peur puérile qui jusque-là avait retenu ma main, j'adressai à l'animal un coup qui eût été mortel, s'il avait porté comme je le voulais ; mais ce coup fut arrêté par la main de ma femme. Cette intervention m'aiguillonna jusqu'à une rage plus que démoniaque ; je débarrassai mon bras de son étreinte et lui enfonçai ma hache dans le crâne. Elle tomba morte sur la place, sans pousser un gémissement.

Cet horrible meurtre accompli, je me mis immédiatement et très-délibérément en mesure de cacher le corps. Je compris que je ne pouvais pas le faire disparaître de la maison, soit de jour, soit de nuit, sans courir le danger d'être observé par les voisins. Plusieurs projets traversèrent mon esprit. Un moment j'eus l'idée de couper le cadavre par petits morceaux, et de les détruire par le feu. Puis, je résolus de creuser une fosse dans le sol de la cave. Puis, je pensai à le jeter dans le puits de la cour, – puis à l'emballer dans une caisse comme

---

1. Raides.

marchandise, avec les formes usitées, et à charger un commissionnaire de le porter hors de la maison. Finalement, je m'arrêtai à un expédient que je considérai comme le meilleur de tous. Je me déterminai à le murer dans la cave, – comme les moines du moyen âge muraient, dit-on, leurs victimes.

La cave était fort bien disposée pour un pareil dessein. Les murs étaient construits négligemment, et avaient été récemment enduits dans toute leur étendue d'un gros plâtre que l'humidité de l'atmosphère avait empêché de durcir. De plus, dans l'un des murs, il y avait une saillie causée par une fausse cheminée, ou espèce d'âtre, qui avait été comblée et maçonnée dans le même genre que le reste de la cave. Je ne doutais pas qu'il ne me fût facile de déplacer les briques à cet endroit, d'y introduire le corps, et de murer le tout de la même manière, de sorte qu'aucun œil n'y pût rien découvrir de suspect.

Et je ne fus pas déçu dans mon calcul. À l'aide d'une pince, je délogeai très-aisément les briques, et, ayant soigneusement appliqué le corps contre le mur intérieur, je le soutins dans cette position jusqu'à ce que j'eusse rétabli, sans trop de peine, toute la maçonnerie dans son état primitif. M'étant procuré du mortier, du sable et du poil avec toutes les précautions imaginables, je préparai un crépi[1] qui ne pouvait pas être distingué de l'ancien, et j'en recouvris très-soigneusement le nouveau briquetage. Quand j'eus fini, je vis avec satisfaction que tout était pour le mieux. Le mur ne présentait pas la plus légère trace de dérangement. J'enlevai tous les gravats avec le plus grand soin, j'épluchai pour ainsi dire le sol. Je regardai triomphalement autour de moi, et me dis à moi-même : Ici, au moins, ma peine n'aura pas été perdue !

Mon premier mouvement fut de chercher la bête qui avait été la cause d'un si grand malheur ; car, à la fin, j'avais résolu fermement de la mettre à mort. Si j'avais pu la rencontrer dans ce moment, sa destinée était claire ; mais il paraît que

---

1. Plâtre ou ciment dont on enduit les murs.

l'artificieux animal avait été alarmé par la violence de ma récente colère, et qu'il prenait soin de ne pas se montrer dans l'état actuel de mon humeur. Il est impossible de décrire ou d'imaginer la profonde, la béate sensation de soulagement que l'absence de la détestable créature détermina dans mon cœur. Elle ne se présenta pas de toute la nuit, – et ainsi ce fut la première bonne nuit, – depuis son introduction dans la maison, – que je dormis solidement et tranquillement ; oui, je *dormis* avec le poids de ce meurtre sur l'âme !

Le second et le troisième jour s'écoulèrent, et cependant mon bourreau ne vint pas. Une fois encore je respirai comme un homme libre. Le monstre, dans sa terreur, avait vidé les lieux pour toujours ! Je ne le verrais donc plus jamais ! Mon bonheur était suprême ! La criminalité de ma ténébreuse action ne m'inquiétait que fort peu. On avait bien fait une espèce d'enquête, mais elle s'était satisfaite à bon marché. Une perquisition avait même été ordonnée, – mais naturellement on ne pouvait rien découvrir. Je regardais ma félicité à venir comme assurée.

Le quatrième jour depuis l'assassinat, une troupe d'agents de police vint très-inopinément à la maison, et procéda de nouveau à une rigoureuse investigation des lieux. Confiant, néanmoins, dans l'impénétrabilité de la cachette, je n'éprouvai aucun embarras. Les officiers me firent les accompagner dans leur recherche. Ils ne laissèrent pas un coin, pas un angle inexploré. À la fin, pour la troisième ou quatrième fois, ils descendirent dans la cave. Pas un muscle en moi ne tressaillit. Mon cœur battait paisiblement, comme celui d'un homme qui dort dans l'innocence. J'arpentais la cave d'un bout à l'autre ; je croisais mes bras sur ma poitrine, et me promenais çà et là avec aisance. La police était pleinement satisfaite et se préparait à décamper. La jubilation de mon cœur était trop forte pour être réprimée. Je brûlais de dire au moins un mot, rien qu'un mot, en manière de triomphe, et de rendre deux fois plus convaincue leur conviction de mon innocence.

— Gentlemen, – dis-je à la fin, – comme leur troupe remontait l'escalier, – je suis enchanté d'avoir apaisé vos soupçons. Je vous souhaite à tous une bonne santé et un peu plus de courtoisie. Soit dit en passant, gentlemen, voilà – voilà une maison singulièrement bien bâtie (dans mon désir enragé de dire quelque chose d'un air délibéré, je savais à peine ce que je débitais) : – je puis dire que c'est une maison *admirablement* bien construite. Ces murs, – est-ce que vous partez, gentlemen ? – ces murs sont solidement maçonnés !

Et ici, par une bravade frénétique, je frappai fortement avec une canne que j'avais à la main juste sur la partie du briquetage derrière laquelle se tenait le cadavre de l'épouse de mon cœur.

Ah ! qu'au moins Dieu me protège et me délivre des griffes de l'Archidémon ! – À peine l'écho de mes coups était-il tombé dans le silence, qu'une voix me répondit du fond de la tombe ! – une plainte, d'abord voilée et entrecoupée, comme le sanglotement d'un enfant, puis, bientôt, s'enflant en un cri prolongé, sonore et continu, tout à fait anormal et antihumain, – un hurlement, – un glapissement, moitié horreur et moitié triomphe, – comme il en peut monter seulement de l'Enfer, – affreuse harmonie jaillissant à la fois de la gorge des damnés dans leurs tortures, et des démons exultant dans la damnation !

Vous dire mes pensées, ce serait folie. Je me sentis défaillir, et je chancelai contre le mur opposé. Pendant un moment, les officiers placés sur les marches restèrent immobiles, stupéfiés par la terreur. Un instant après, une douzaine de bras robustes s'acharnaient sur le mur. Il tomba tout d'une pièce. Le corps, déjà grandement délabré et souillé de sang grumelé, se tenait droit devant les yeux des spectateurs. Sur sa tête, avec la gueule rouge dilatée et l'œil unique flamboyant, était perchée la hideuse bête dont l'astuce m'avait induit à l'assassinat, et dont la voix révélatrice m'avait livré au bourreau. J'avais muré le monstre dans la tombe !

LE CŒUR RÉVÉLATEUR[1]

1. Ce texte se trouve dans les *Nouvelles histoires extraordinaires.*

Vrai! – je suis très-nerveux[1], épouvantablement nerveux, – je l'ai toujours été; mais pourquoi prétendez-vous que je suis fou? La maladie a aiguisé mes sens, – elle ne les a pas détruits, – elle ne les a pas émoussés. Plus que tous les autres, j'avais le sens de l'ouïe très-fin. J'ai entendu toutes choses du ciel et de la terre. J'ai entendu bien des choses de l'enfer. Comment donc suis-je fou? Attention! Et observez avec quelle santé, – avec quel calme je puis vous raconter toute l'histoire.

Il est impossible de dire comment l'idée entra primitive-ment dans ma cervelle; mais, une fois conçue, elle me hanta nuit et jour. D'objet, il n'y en avait pas. La passion n'y était pour rien. J'aimais le vieux bonhomme. Il ne m'avait jamais fait de mal. Il ne m'avait jamais insulté. De son or je n'avais aucune envie. Je crois que c'était son œil! Oui, c'était cela! Un de ses yeux ressemblait à celui d'un vautour, – un œil bleu pâle, avec une taie[2] dessus. Chaque fois que cet œil tombait sur moi, mon sang se glaçait; et ainsi, lentement, – par degrés, – je me mis en tête d'arracher la vie du vieillard, et par ce moyen de me délivrer de l'œil à tout jamais.

Maintenant, voici le hic! Vous me croyez fou. Les fous ne savent rien de rien. Mais si vous m'aviez vu! Si vous aviez vu avec quelle sagesse je procédai! – avec quelle précaution, – avec quelle prévoyance, – avec quelle dissimulation je me mis à l'œuvre! Je ne fus jamais plus aimable pour le vieux que pendant la semaine entière qui précéda le meurtre. Et, chaque nuit, vers minuit, je tournais le loquet de sa porte, et je l'ouvrais, – oh! si doucement! Et alors, quand je l'avais suf-fisamment entre-bâillée pour ma tête, j'introduisais une lanterne sourde, bien fermée, bien fermée, ne laissant filtrer aucune lumière; puis je passais la tête. Oh! vous auriez ri de

---

1. Jusqu'en 1835, l'Académie française faisait suivre « très » d'un trait d'union, qu'elle a supprimé en 1878.
2. Tache sur la cornée de l'œil.

voir avec quelle adresse je passais ma tête ! Je la mouvais lentement, – très, très-lentement, – de manière à ne pas troubler le
sommeil du vieillard. Il me fallait bien une heure pour introduire toute ma tête à travers l'ouverture, assez avant pour le
voir couché sur son lit. Ah ! un fou aurait-il été aussi prudent ?
– Et alors, quand ma tête était bien dans la chambre, j'ouvrais
la lanterne avec précaution, – oh ! avec quelle précaution, avec
quelle précaution ! – car la charnière criait. – Je l'ouvrais juste
assez pour qu'un filet imperceptible de lumière tombât sur
l'œil de vautour. Et cela, je l'ai fait pendant sept longues nuits,
– chaque nuit juste à minuit ; – mais je trouvai toujours l'œil
fermé ; et ainsi il me fut impossible d'accomplir l'œuvre ; car
ce n'était pas le vieil homme qui me vexait, mais son mauvais
œil. Et, chaque matin, quand le jour paraissait, j'entrais har-
diment dans sa chambre, je lui parlais courageusement,
l'appelant par son nom d'un ton cordial et m'informant comment il avait passé la nuit. Ainsi, vous voyez qu'il eût été un
vieillard bien profond, en vérité, s'il avait soupçonné que
chaque nuit, juste à minuit, je l'examinais pendant son
sommeil.

La huitième nuit, je mis encore plus de précaution à
ouvrir la porte. La petite aiguille d'une montre se meut plus
vite que ne faisait ma main. Jamais, avant cette nuit, je n'avais
senti toute l'étendue de mes facultés, – de ma sagacité[1]. Je
pouvais à peine contenir mes sensations de triomphe. Penser
que j'étais là, ouvrant la porte, petit à petit, et qu'il ne rêvait
même pas de mes actions ou de mes pensées secrètes ! À cette
idée, je lâchai un petit rire ; et peut-être m'entendit-il, car il
remua soudainement sur son lit, comme s'il se réveillait.
Maintenant, vous croyez peut-être que je me retirai, – mais
non. Sa chambre était aussi noire que de la poix[2], tant les
ténèbres étaient épaisses, – car les volets étaient soigneusement fermés, de crainte des voleurs, – et, sachant qu'il ne

---

1. Vivacité d'esprit.
2. Substance collante à base de goudron de bois.

pouvait pas voir l'entre-bâillement de la porte, je continuai à la pousser davantage, toujours davantage.

J'avais passé ma tête, et j'étais au moment d'ouvrir la lanterne, quand mon pouce glissa sur la fermeture de fer-blanc, et le vieux homme se dressa sur son lit, criant : – Qui est là ?

Je restai complètement immobile et ne dis rien. Pendant une heure entière, je ne remuai pas un muscle, et pendant tout ce temps je ne l'entendis pas se recoucher. Il était toujours sur son séant, aux écoutes ; – juste comme j'avais fait pendant des nuits entières, écoutant les horloges-de-mort[1] dans le mur.

Mais voilà que j'entendis un faible gémissement, et je reconnus que c'était le gémissement d'une terreur mortelle. Ce n'était pas un gémissement de douleur ou de chagrin ; – oh ! non, – c'était le bruit sourd et étouffé qui s'élève du fond d'une âme surchargée d'effroi. Je connaissais bien ce bruit. Bien des nuits, à minuit juste, pendant que le monde entier dormait, il avait jailli de mon propre sein, creusant avec son terrible écho les terreurs qui me travaillaient. Je dis que je le connaissais bien. Je savais ce qu'éprouvait le vieil homme, et j'avais pitié de lui, quoique j'eusse le rire dans le cœur. Je savais qu'il était resté éveillé, depuis le premier petit bruit, quand il s'était retourné dans son lit. Ses craintes avaient toujours été grossissant. Il avait tâché de se persuader qu'elles étaient sans cause ; mais il n'avait pas pu. Il s'était dit à lui-même : – Ce n'est rien, que le vent dans la cheminée ; – ce n'est qu'une souris qui traverse le parquet ; – ou : c'est simplement un grillon qui a poussé son cri. Oui, il s'est efforcé de se fortifier avec ces hypothèses ; mais tout cela a été vain. *Tout a été vain*, parce que la Mort qui s'approchait avait passé devant lui avec sa grande ombre noire, et qu'elle avait ainsi enveloppé sa victime. Et c'était l'influence funèbre de l'ombre inaperçue qui lui faisait sentir, – quoiqu'il ne vît et n'entendît rien, – qui lui faisait *sentir* la présence de ma tête dans la chambre.

---

1. Insectes qui produisent un bruit de tic-tac quand ils s'attaquent au bois.

Quand j'eus attendu un long temps très-patiemment, sans l'entendre se recoucher, je me résolus à entr'ouvrir un peu la lanterne, mais si peu, si peu que rien. Je l'ouvris donc, – si furtivement, si furtivement que vous ne sauriez l'imaginer, – jusqu'à ce qu'enfin un seul rayon pâle, comme un fil d'araignée, s'élançât de la fente et s'abattît sur l'œil de vautour.

Il était ouvert, – tout grand ouvert, – et j'entrai en fureur aussitôt que je l'eus regardé. Je le vis avec une parfaite netteté, – tout entier d'un bleu terne et recouvert d'un voile hideux qui glaçait la moelle dans mes os ; mais je ne pouvais voir que cela de la face ou de la personne du vieillard ; car j'avais dirigé le rayon, comme par instinct, précisément sur la place maudite.

Et maintenant, ne vous ai-je pas dit que ce que vous preniez pour de la folie n'est qu'une hyperacuité des sens ? Maintenant, je vous le dis, un bruit sourd, étouffé, fréquent, vint à mes oreilles, semblable à celui que fait une montre enveloppée dans du coton. *Ce son-là*, je le reconnus bien aussi. C'était le battement du cœur du vieux. Il accrut ma fureur, comme le battement du tambour exaspère le courage du soldat.

Mais je me contins encore, et je restai sans bouger. Je respirais à peine. Je tenais la lanterne immobile. Je m'appliquais à maintenir le rayon droit sur l'œil. En même temps, la charge infernale du cœur battait plus fort ; elle devenait de plus en plus précipitée, et à chaque instant de plus en plus haute. La terreur du vieillard *devait* être extrême ! Ce battement, dis-je, devenait de plus en plus fort à chaque minute ! – Me suivez-vous bien ? Je vous ai dit que j'étais nerveux ; je le suis en effet. Et maintenant, au plein cœur de la nuit, parmi le silence redoutable de cette vieille maison, un si étrange bruit jeta en moi une terreur irrésistible. Pendant quelques minutes encore je me contins et restai calme. Mais le battement devenait toujours plus fort, toujours plus fort ! Je croyais que le cœur allait crever. Et voilà qu'une nouvelle angoisse s'empara de moi : – le bruit pouvait être entendu par un voisin ! L'heure du vieillard était venue ! Avec un grand hurlement, j'ouvris brusquement la lanterne et m'élançai dans la chambre. Il ne poussa qu'un cri, – un seul. En un instant, je le précipitai sur le parquet, et je renversai sur lui tout le poids écrasant du lit. Alors je souris avec bonheur, voyant ma besogne fort avancée. Mais, pendant quelques minutes, le cœur battit avec un son voilé. Cela toutefois ne me tourmenta pas ; on ne pouvait l'entendre à travers le mur. À la longue, il cessa. Le vieux était mort. Je relevai le lit, et j'examinai le corps. Oui, il était roide[1], roide mort. Je plaçai ma main sur le cœur, et l'y maintins plusieurs minutes. Aucune pulsation. Il était roide mort. Son œil désormais ne me tourmenterait plus.

Si vous persistez à me croire fou, cette croyance s'évanouira quand je vous décrirai les sages précautions que j'employai pour dissimuler le cadavre. La nuit avançait, et je travaillai vivement, mais en silence. Je coupai la tête, puis les bras, puis les jambes.

Puis j'arrachai trois planches du parquet de la chambre, et je déposai le tout entre les voliges[2]. Puis je replaçai les feuilles si habilement, si adroitement, qu'aucun œil humain, – pas même *le sien !* – n'aurait pu y découvrir quelque chose de louche. Il n'y avait rien à laver, – pas une souillure, – pas une tache de sang. J'avais été trop bien avisé pour cela. Un baquet avait tout absorbé, – ha ! ha !

Quand j'eus fini tous ces travaux, il était quatre heures, – il faisait toujours aussi noir qu'à minuit. Pendant que le timbre sonnait l'heure, on frappa à la porte de la rue. Je descendis pour ouvrir avec un cœur léger, – car qu'avais-je à craindre *maintenant ?* Trois hommes entrèrent qui se présentèrent, avec une parfaite suavité, comme officiers de police. Un cri avait été entendu par un voisin pendant la nuit ; cela avait éveillé le soupçon de quelque mauvais coup ; une dénoncia-

---

1. Raide.
2. Planches sur lesquelles reposent les tuiles d'un toit ou les lattes d'un plancher.

tion avait été transmise au bureau de police, et ces messieurs (les officiers) avaient été envoyés pour visiter les lieux.

Je souris, – car qu'avais-je à craindre? Je souhaitai la bienvenue à ces gentlemen. – Le cri, dis-je, c'était moi qui l'avais poussé dans un rêve. Le vieux bonhomme, ajoutai-je, était en voyage dans le pays. Je promenai mes visiteurs par toute la maison. Je les invitai à chercher, et à *bien* chercher. À la fin, je les conduisis dans *sa* chambre. Je leur montrai ses trésors, en parfaite sûreté, parfaitement en ordre. Dans l'enthousiasme de ma confiance, j'apportai des sièges dans la chambre, et les priai de s'y reposer de leur fatigue, tandis que moi-même, avec la folle audace d'un triomphe parfait, j'installai ma propre chaise sur l'endroit même qui recouvrait le corps de la victime.

Les officiers étaient satisfaits. Mes manières les avaient convaincus. Je me sentais singulièrement à l'aise. Ils s'assirent, et ils causèrent de choses familières auxquelles je répondis gaiement. Mais, au bout de peu de temps, je sentis que je devenais pâle, et je souhaitai leur départ. Ma tête me faisait mal, et il me semblait que les oreilles me tintaient; mais ils restaient toujours assis, et toujours ils causaient. Le tintement devint plus distinct; – il persista et devint encore plus distinct; je bavardai plus abondamment pour me débarrasser de cette sensation; mais elle tint bon et prit un caractère tout à fait décidé, – tant qu'à la fin je découvris que le bruit n'était pas dans mes oreilles.

Sans doute je devins alors très-pâle; – mais je bavardais encore plus couramment et en haussant la voix. Le son augmentait toujours, – et que pouvais-je faire? C'était *un bruit sourd, étouffé, fréquent, ressemblant beaucoup à celui que ferait une montre enveloppée dans du coton.* Je respirai laborieusement. – Les officiers n'entendaient pas encore. Je causai plus vite, – avec plus de véhémence; mais le bruit croissait incessamment. – Je me levai, et je disputai sur des niaiseries, dans un diapason très-élevé et avec une violente gesticulation; mais le bruit montait, montait toujours. – Pourquoi ne *voulaient-ils pas* s'en aller? – J'arpentai çà et là le plancher lourdement et à grands pas, comme exaspéré par les observations de mes contradicteurs; – mais le bruit croissait régulièrement. Oh! Dieu! que pouvais-je faire? J'écumais, – je battais la campagne, – je jurais! J'agitais la chaise sur laquelle j'étais assis, et je la faisais crier sur le parquet; mais le bruit dominait toujours, et croissait indéfiniment. Il devenait plus fort, – plus fort! – toujours plus fort! Et toujours les hommes causaient, plaisantaient et souriaient. Était-il possible qu'ils n'entendissent pas? Dieu tout-puissant! – Non, non! Ils entendaient! – ils soupçonnaient! – ils *savaient*, – ils se faisaient un amusement de mon effroi! – je le crus, et je le crois encore. Mais n'importe quoi était plus tolérable que cette dérision! Je ne pouvais pas supporter plus longtemps ces hypocrites sourires! Je sentis qu'il fallait crier ou mourir! – et maintenant encore, l'entendez-vous? – écoutez! plus haut! – plus haut! – toujours plus haut! – *toujours plus haut!*

— Misérables! – m'écriai-je, – ne dissimulez pas plus longtemps! J'avoue la chose! – arrachez ces planches! c'est là, c'est là! – c'est le battement de son affreux cœur!

Bibliographie

Les œuvres d'Edgar Allan Poe

LE DANTEC, Yves. *Edgar Allan Poe: œuvres en prose*, Paris, Gallimard, «Bibliothèque La Pléiade», 1951. (Plusieurs rééditions)

RICHARD, Claude et MAGUIN, Jean-Marie. *Edgar Allan Poe: contes, essais, poèmes*, Paris, Robert Laffont, «Bouquins», 1989.

Plusieurs collections de poche offrent *Histoires grotesques et sérieuses*, *Histoires extraordinaires* et *Nouvelles histoires extraordinaires*.

À propos d'Edgar Allan Poe

BACHELARD, Gaston. *L'eau et les rêves*, Paris, José Corti, 1942.

BAUDELAIRE, Charles. *Edgar Allan Poe par Baudelaire*, Paris, L'Herne, «Confidences», 1994.

CHASSAY, Jean-François, CÔTÉ, Jean-François et GERVAIS, Bertrand. *Edgar Allan Poe, une pensée de la fin*, Montréal, Liber Québec, 2001.

DE JOGUIN, Odile. *Itinéraire initiatique d'Edgar Poe*, Paris, E-Dite, 2002.

DELARUE, Claude. *Edgar Poe*, Paris, Balland, 1985.

DELARUE, Claude. *Edgar Poe — Scènes de la vie d'un écrivain*, Paris, Seuil, «Points biographie», 1985.

DE WALTER, Gérard. *Poe Edgar Allan*, Paris, Flammarion, 1993.

GAUDON, Jean. *Le Temps de la contemplation. L'œuvre Poe*, Paris, Flammarion, 1996.

JUSTIN, Henri. *Poe dans le champ du vertige*, Paris, Klincksieck, «Études anglo-américaines», 2000.

LAUGHLIN, James. *Je sais ce que pense chaque Poe*, Paris, Le Cherche Midi, 1989.

LYSOE, Éric. *Les voies du silence. E. A. Poe et la perspective du lecteur*, Paris, PUL, 2000.

RICHARD, Claude. *Edgar Allan Poe journaliste et critique*, Paris, Klincksieck, «Études anglo-américaines», 2000. (réédition)

WALTER, Georges. *Edgar Allan Poe*, Paris, Flammarion, «Grandes biographies Flammarion», 1991.

WALTER, Georges. *Enquête sur Edgar Allan Poe*, Paris, Phoebus,1998.